관계란 짠 바닷물과 같다.
목이 마르다고 마시면 마실수록 목이 마른다.

그런 것이다, 관계란.

올해엔
연애를
쉬겠어

우리가 연애에 실패할 수밖에 없는 이유

임윤선 지음

시공사

차 례

결혼은 선택, 연애는 필수라고?

연애의 여러 가지 무늬들

연애도 미친 짓이다

해도, 안 해도 후회라면 어느 쪽이 옳을까?

결혼은 선택,
연애는 필수라고?

그놈의 '안 돼'

"그러면 안 돼. 연애는 해야지."

한숨부터 나왔다. 난 그저 마트를 다녀왔을 뿐인데, 내가 좋아하는 닭갈비와 딸기와 비비고 국을 사왔을 뿐인데, 그리고 뭣보다 뭐 하나는 질문에 "응, 마트 다녀왔어"라고 답했을 뿐인데⋯⋯ 무엇이 잘못된 걸까?

"안 돼!"

주말에 마트에 갔다는 이유로 갑자기 나는 해서는 안 될 일을 한 사람이 되고 말았다.

"혼자서?"

"응, 혼자."

"어야, 안 돼. 그러면 안 돼. 주말에 혼자서 마트를 가고 그래? 연애는 해야지. 요즘은 왜 아무도 안 만나?"

이렇게 또 '하자假娠'가 되었다. 이유는 하나. 연애를 하지 않는다는 것.

사실 얼마 전까지도 했다. 뭐, 또 끝났다. 그리고 이제 겨우 혼자인 것에 다시 적응하던 참이었다. 횡단보도에 서 있어도 그 사람 생각이 안 나고 옆에 서 있는 꼬마아이 뒤통수가 참 예쁘다는 생각이 먼저 들기 시작했고, 마트에서 아이스크림을 보아도 그 사람이 좋아하던 아이스크림보다는 내가 좋아하는 아이스크림이 먼저 눈에 띄었다.

사실 나는 오늘 꽤 즐겁게 장을 보았다. 비로소 장보는 행위 자체에 집중할 수 있게 되었기 때문이다.

'오, 됐어, 됐어. 드디어 길고 긴 감정의 꼬랑지가 다 빠져나갔어.'

그런데 이 잠시의 휴식 시간마저 재촉을 당해야 하다니! 입시 준비하던 시절, 잠시 쉴라치면 득달같이 문을 열고 들어와 닦달하던 엄마 같다.

재촉이 반복되니 책망당하는 느낌마저 든다. 뭐가 그리 안 된다는 걸까?

나는 기혼자들에게 재촉도, 책망도 하지 않는다. 왜 그런 남자랑 결혼했냐고, 안 된다고! 왜 애는 키가 안 크냐고, 그렇게 먹이면 안 된다고! 그런데 기혼자들은 내게 끊임없이 '왜'를 묻는다.

답을 미루고 휴대폰을 마트 카트 위에 올려놓은 가방 속에 던져 넣는다. 감정이 15퍼센트 정도 상했다. 짜증이라고 부를 정도다. 와인 코너에 가서 미니 사이즈 라 마르카 프로세코 스파클링 와인을 세 병 샀다.

'넷플릭스 보면서 마셔야지.'

혼자 기분 내기 딱 좋다. 짜증이 50퍼센트 정도 사라졌다.

그리고 좀 전의 대화를 180도 돌려 다시 보았다. 그래, 생각해보면 지금껏 그나마 누군가를 소개해주었던 사람들은 저렇게 내게 "왜?"를 물으면서 걱정해주던 사람들이었다는 생각에 이르자 남아 있던 짜증이 완전히 사라졌다.

'그리 걱정되면 누구 하나 해죠잉'

애교를 섞어서 톡을 보냈다. 어머, 나 뭐래니?

나 또 연애하곤픈 거니?

©lvary

들숨 뒤에 날숨이 있어야 하듯,

관계는 깊이 들이쉰 만큼 깊이 내뱉으며 끝난다.

숨… 그 깊이만큼의 사랑

02 # 가십걸

케이블 TV에서 〈가십걸Gossip Girl〉이라는 미국 드라마가 나온
다. 2008년경 한국에서 방영한 드라마였던 것으로 기억한다. 미국
의 어퍼이스트사이드Upper East Side에 사는 최상류층 아이들의 그
들만의 이야기. 제아무리 뉴욕의 겨울바람이 매서워도 꿋꿋하게
치마에 스타킹을 신고 등교하고는 밤에는 노상 파티와 쇼핑으로
하루를 보내던.

한창 인기였을 때에는 주인공들의 패션 보는 재미에 빠져 보았
다. 10년이 지나 다시 보니 패션은 이미 과거의 것이라 눈길이 안
가는데, 그 드라마가 표현하는 인물들 간의 관계에 더 관심이 간

다. 관계에 대한 사람들의 고민이 10년 전이나 지금이나, 10대나 20대나 30대나…… (미안하다) 그리고 40대나 여전히 비슷하다니!

다들 안다. 사랑은 변한다는 것.
그래서 고민하게 된다.
그렇다면 세상에 영원한 것은 결국 변질되고 마는 관계에 대한 '고민' 그 자체인 것인가. 맙소사!

그날부로 넷플릭스에서 〈가십걸〉을 정주행하기 시작했다. 나이 40을 넘어 내가 〈가십걸〉에서 위로를 받게 될 줄은 몰랐다. 모든 걸 가진 것 같은 그 주인공들도 관계를 시작하고 유지하고 끝내는 데에 다들 그렇게 힘들어하는 모습을 보고 말이다.

노처녀로 살면서 수도 없이 "왜 노처녀야?"라는 질문을 받아야 했고, 제아무리 괜찮은 척하지만 '실은 나는 진짜 관계 하자품 아닌가?' 하는 고민을 해야만 했다. 남들에게는 그리 쉬워 보이는 관계가 내게는 왜 이리 어렵기만 한 것인지. 남들은 결혼까지 수월하게도 가더만, 내게는 뭐 그리 장애가 많은지.

그런데 아니었다. 세레나 반 더 우드슨. 키가 178이 넘고, 숱 많은 금발이 치렁치렁 빛난다. 기분이 나쁘다 싶으면 언제든 루부탱 구두와 페라가모 가방을 턱턱 산다(엄카로), 고등학생이면서. 그녀가 웃으며 거리를 지날 때면, 모든 남녀노소가 의지와 상관없이 그녀를 향해 눈이 돌아간다. 자타공인 학교의 잇걸, 우리나라 말마따나 원탑퀸카다.

그런 그녀가 댄이라는 브루클린에 사는 평범한 집안 남자의 맘을 얻기 위해 고군분투한다. 먼저 데이트 신청을 하고, 그가 전화를 거부할까 봐 노심초사하고, 파티에 같이 가자며 애걸복걸하고, 그에게 차여도 친구로라도 남겠다며 곁에서 맴돈다.

세상에나 저런 퀸카도 저런 노력을 기울여야 하는 것이었단 말인가.

연탄재 함부로 발로 차지 마라, 라고 한 시인이 말한 적 있는데, 저렇게들 스스로를 불살라가면서 관계를 시작하는 것이었단 말인가.

척과 블레어는 또 어떠한가. 뉴욕 최고의 악녀이자 욕망의 화신인 블레어는 약과 알코올과 여자에 찌든 뉴욕 최고의 문제아인 척에게 감정이 간다는 것을 인정하고 싶지 않았다. 그러나 결국 그녀는 그에게 마음이 향한다는 것을 인정하고 맘의 문을 열지만, 문을 열고 나니 그곳은 지옥이었다.

같이 유럽 여행을 가기로 한 그날 척이 관계에 대한 두려움에 도망을 가버려 혼자 몇 달간 유럽을 유랑하고 와야 하질 않았나. 같이 저녁을 먹기로 한 날 척이 여자에게 둘러싸여 또 바람을 맞힌 탓에 혼자 저녁을 먹어야 하지 않았나. 뿐만 아니라 "내 와이프처럼 굴지 마, 넌 내 여자 친구가 아니야, 난 널 사랑하지 않아"라는 소리를 수시로 들어야 했다. 척은 전형적인 회피 애착형 남자였다. 가까워지려고만 하면 밀쳐내는.

그래놓고 떠나려 하면 못 가게 붙잡는 그 놀부 심보라니. 이런 식의 감정 놀이에 몇 년을 허비해야만 했다.

뭐야? 저렇게 세상 부러울 것 없어 보이는 애들도 그토록 힘든 게 관계였단 말인가. 헛웃음이 나왔다. 그런데 이렇게 관계 자체에 대해 심오한 깨달음을 줘놓고, 정작 끝은 지나치게 빠르게 끝났다. 모두모두 원래의 커플끼리 결혼하여 행복하게 잘살았답니다. 주인공들은 햇살처럼 빛나게 웃었고, 주변인들은 박수 치다 말고 눈물을 훔쳤고, 시청자들은 그것을 해피엔딩이라고 불렀다.

난 배신감이 들었다. 철학 교과서가 한순간 시드니 샐던 소설책

으로 바뀐 느낌이었다. 뭐야, 진짜 이렇게 끝이야? 이게 해피엔딩
이라고?

　　과연 정말 사랑하는 사람끼리의 결혼이 엔딩이 맞는 것이고, 심
지어 해피하기까지 한 것일까? 서로 사귀는 단계에서도 서로가 서
로의 맘 같지 않아 울고불고 미워하고 좋아하고를 반복했는데, 이
제는 심지어 함께 산다. 더 많은 것을 서로 겪어야 하는데, 그게 엔
딩이고 심지어 행복이라고?

리즈는 어쩜 저렇게 사람의 감정에 자신이 있을까?

"요즘 만나는 사람 없어?"

미혼이 끼게 되면 늘 나오는 질문이다. 미혼은 강박을 느낀다. 아, 이들을 즐겁게 해줘야 할 텐데. 사실 기혼도 그닥 관심이 없으면서 묻는 것일 수 있다. 매년 설날에 보는 친척 아이에게 "너가 이제 몇 학년이지?"라고 묻는 것처럼.

"없어! 없어!! 없어!!! 내게는 special한 남자 따위는 없어. 난 unspecial한 남자 전문이야. 지질한 남자, 짠돌이, 성격 장애자들만 만나!"라고 〈Sex and the City〉의 미란다처럼 말할 수도 있겠지만, 난 그것보다 훨씬 배려 많고 상냥한 편이다.

그러다 보니 어어 하면서 어느새 결국 지금 만나는 사람 혹은 만나는 것 같은 사람에 대하여 얼기설기 얘기하게 된다. 하지만 나만의 규칙이 있다. 그간의 일에 대하여 10개 중에 3~4개만 말하기다. 더는 이야기하지 않는다.

그런데 내 친구 리즈(자신의 작은 체구를 스타일로 커버할 줄 알고, 조금 각도 있는 턱이 리즈 위더스푼을 떠오르게 한다)는 나보다 4배는 더 상냥한 사람이다. 그녀는 누구의 말이든 경청하여 들어주고, 가끔 선을 넘는 질문을 해서 당황하게 하지만, 역시 자신에 대하여도 선을 넘는 이야기를 능히 해준다.

"요즘 만나는 사람 없어?"

눈보다도 입꼬리가 더 정확하다. 이미 사람들은 그녀에게 누군가가 있다는 것을 눈치 채고 보챈다.

"누구야?"

"뭐 하는 사람이야?"

"얼마나 됐어?"

리즈가 말하기 시작한다. 그를 어디에서 만났는지, 어떻게 연락을 시작했는지, 그와 하루에 몇 시간을 통화하는지, 그가 붙인 자신의 별명이 무엇인지, 그가 자신을 어떤 눈빛으로 쳐다보는지, 처음 어디에서 어떻게 키스를 하게 되었는지…….

그녀가 나보다 4배는 상냥하다고 하지 않았던가. 그녀는 12개를 말한다. 묻지도 않은 것까지.

어머나, 캬아, 하는 감탄 소리가 쉬지 않고 나온다.

그 남자는 세상에 둘도 없는 로맨틱 가이가 되어 있다. 다들 눈에 부러움이 한가득이다. 그중에서도 내가 특히 그랬다. 난 생기로 폭발할 것 같은 리즈가 너무나도 부러웠다.

'리즈는 어쩜 저리 남의 감정에 자신 있을 수 있을까?'

리즈가 해준 얘기 중에는 내 과거의 연인들로부터 들었던 말도 있고, 못 들어본 말도 있고, 더 자랑할 수 있을 그런 얘기도 있었다.

사실 누구나 겪는 일이다, 사랑을 받는다는 것은. 리즈만의 특별한 경험이 아니다. 하지만 난 그것을 남들 앞에서 말하지 못한다. 그저 법률 서면을 쓰듯, 어디에서 어떻게 만났고 현재 어떤 상황이다, 라는 것을 사실 위주로 육하원칙에 따라 나열할 뿐이다.

그렇게 10개 중 3~4개만 말한다.

감정이 무뎌서? 아니, 그렇지 않다. 나는 법조인 치고는 짜증나게 감성적인 사람이다(그 감성이 내 변호사 생활을 얼마나 괴롭게 했는지. 심지어 난 배우로 무대에도 섰다!). 실은 상대의 감정에 자신이 없어서다.

'지금이야 내게 더없이 다정하지만, 전 여자 친구 입장에서 이 사람은 소시오패스일지도 몰라.'

'진짜 모습은 언제쯤 나타날까?'

'이 사람이 나한테 이렇게 열심인 이유는 정복욕 때문은 아닐까? 정말 나라는 사람 그 자체가 좋아서 그러는 게 맞을까?'

자신은 사라지고, 생각만 많아진다.

그러다 보니 그 사람의 '행동'은 남에게 말할 수 있지만, 그 사람의 '감정'에 대하여는 남한테 말할 수가 없다. 나도 자신할 수 없는 상대의 감정을 어떻게 남에게 말할 수 있겠는가.

그리고 더 진짜 이유는 내가 그 사람에게 더 빠지기 싫어서다. 말하면 생각난다. 생각나면 빠진다. 더 빠지면 약자가 된다. 그래서 자세한 묘사를 피한다.

그런데 리즈는 늘 거침이 없다. 그 사람이 자신을 얼마나 사랑하
는지, 자신에게 얼마나 헌신적인지를 눈을 초롱초롱 빛내며 말한
다. 사랑에 실패해본 경험이 없는 것도 아닌데, 어쩜 저리 상대의
감정에도 그리고 상대에 대한 자신의 감정에도 거침이 없을까.

04 사랑에 빠진 사람은 왜 행복할까?
아니, 왜 행복해 보일까?

미혼은 만나는 혹은 만났던 사람 이야기를 하고, 기혼은 남편 이야기와 아이 이야기를 한다. 그렇게 긴 수다가 끝나고 각자 집으로 돌아갔다.

늦가을이다. 보도가 누렇다. 은행들이 으깨졌다.

"야, 그거 밟으면 너 내 차에 못 탄다"라고 으름장을 놓던 놈이 생각난다.

"그거 신발에 묻으면 내내 냄새날 텐데. 이쪽으로 걸어요. 이쪽이 은행이 적네요"라던 남자도 있었다. 내 보기에는 그쪽이나 이쪽이나…….

리즈의 이야기 중 기억나는 것이 많지는 않다. 다른 사람들도 나처럼 각자의 추억들을 소환하랴, 이야기 들으랴, 중간중간 리액션하느라 정신이 없었을 것이다.

하지만 그 분위기만은 어찌 잊으랴. 입꼬리는 광대로 향하고, 광대는 하늘로 향하고. 심지어 그녀는 자신의 자랑을 들어줘서 고맙다면서 통 크게 계산까지 하였다. 비바 라무르 드 리즈Viva l'amour de Liz!

그리고 그 분위기 덕에 우리 모두 즐거운 기분을 안고 각자의 집으로 돌아오게 되었다. 행복 바이러스가 옮겨져서.

무얼까? 무엇 때문에 그녀는 그리도 행복해했을까? 사랑을 받고 사랑을 준다는 것은 사람을 왜 기분 좋게 하는 것일까?

성욕이 생겨서 종족 번식을 하게 하려고? 나는 생물학에 무지하다. 그런 호르몬의 변화, 나는 모른다. 그럼 종족 번식의 임무가 다 끝났거나 혹은 종족 번식에 뜻이 없는 사람마저 사랑에 빠지는 것은 설명할 방법이 없다. 〈지붕 뚫고 하이킥〉에서 이순재 할아버지와 고 김자옥 할머니도 얼마나 진지하게 사랑을 하였던가. 칠십 넘은 우리 어머니도 여전히 드라마 속 사랑 이야기에 감정 이입을 하신다.

특별함.

난 특별함이라고 말하고 싶다.

자신이 뭐든 될 수 있다는 생각은 10대에 이미 망상이라는 것을 알게 된다. 할 수 없는 것 천지고, 심지어 하고 싶은 것도 별로 없다. 인싸가 되는 사람은 반 서른 명 중 한두 명뿐이다. 나머지는 모두 아싸가 안 되려 발버둥 칠 뿐. 중1 때에는 대학 취급도 안 하던 학교가 고3 때가 되면 넘사벽 대학이 된 것을 알게 된다. 사회에 나가면 처절히 깨닫게 되는 것이, 평범해지는 것조차 실은 너무도 어렵다는 것이다.

그런 나를, 다시금 부모님이 내 걸음마를 보며 신기해하시듯, 실은 누구나 떼는 걸음마에 불과하건만, 마치 홍해가 갈라지는 기적을 보듯 진귀하게 쳐다봐준 부모님 다음으로 유일하게 특별하게 봐주는 사람이 날 사랑하는 사람 아닌가.

내가 평소에 몇 시에 일어나는지, 어떤 음식을 좋아하는지, 쉴 때 무엇을 하는지, 어떤 운동을 좋아하는지, 어떤 영화에 감동을 받는지, 잠을 잘 때 평상복을 입는지, 주로 무슨 생각을 하고 지내는지, 내 뒷모습 중 어디가 가장 아름다운지, 잠버릇이 무엇인지, 잘 때 잠옷을 입는지(앗, 점점 궁금증이 한 곳으로 수렴해간다) 등에 대하여 쉬지 않고 관심을 표현하고, 틈나는 대로 경배를 나타낸다. 그게 뭐 대단한 거라고!

그 대단치 않는 것들에 대한 호기심이 대단한 것은, 그래도 지극히 평범한 한 사람이 특별한 사람이 된 듯한 기분을 만끽할 수 있게 해주는 것인 듯하다(아, 그래서 특별히 대접 받는 일이 몸에 밴 사람들은 쉽게 사랑에 빠지지 않는 것일까? 그런 호기심이 별것 아니니까?).

그래. 저 점만 본다면 사랑을 한다는 것, 누군가와 관계를 맺는다는 것은 참으로 자애로운 일이다. 박수 받고 환호 받을 일이다. 누군가를 조금 더 가치 있어 보이게 만들어주니까. 그래서 나를 포함해서 사람들은 끊임없이 킬리만자로의 표범처럼 연애 상대를 찾아 나섰던 것 같다. 스스로의 가치를 남을 통해 높이려고.

곧 소개할 사라와 J도 그래서 사냥에 나섰던 것 같다.

그 사람과 나 사이에 특별한 감정이 자리 잡을 때,

누군가와 데이트를 시작할 때,

소위 연애라는 관계 속으로 발을 들일 때,

짧은 순간이나마 흔녀 11, 흔남 17인 우리는

누군가에게 경이로운 존재가 된다.

뭐 어떠한가.

특별해지고픈 욕망은 누구에게든 당연하다

05

감점 놀이 소개팅 1
성수동남

이지적이면서 코가 큰 그녀를 사라(《섹스 앤 더 시티》의 사라 제시카 파커)라고 부르겠다.

사라는 스스로도 잘 안다. 자신이 매우 까다로운 사람이라는 것을. 그녀는 대화가 통하지 않으면 상대가 제아무리 정우성처럼 생겼든, 재력이 이재용이든 간에(물론 그녀의 주장이다. 그녀가 정우성, 이재용을 실제로 만난다면 마음이 어찌 바뀔지 그녀 자신도 모를 것이다) 호감이 생기지 않는다고 했다. 그럼 그렇다고 해서 대화만 잘 통하면 또 되는가? 그렇지 않다. 이 험한 세상을 어찌 상대의 능력을 보지 않고 만날 수 있단 말인가.

그래서 여태 혼자다.

　그런 그녀가 성수동남을 만난 것은 1월이었다. 워낙 간만에 들어온 소개팅이었기에 많은 것을 따지지 않았다. 본인의 사업을 운영한다고 했다. 키도 제법 크다고 들었다. 그게 다였다. 큰 기대를 하지는 않았다고 얘기했지만, 그래도 분명 예쁘게 하고 갔을 것이다. 그랬다. 최대한 밝은 톤의 바지에 아이보리 톤의 캐시미어 터틀넥 티 그리고 붉은 코트를 입고 갔다고 했다. 단발머리는 더 찰랑거리게 보이기 위하여 미용실에 들러 드라이도 하고.
　장소는 4성급 호텔 2층에 있는 레스토랑이었고, 손님이 무척이나 없었다. 손님이 없는 점은 맘에 들었다. 사십 나이에 소개팅하는 걸 주변 사람들이 보는 건 정말이지 부끄러운 일이다. 음식은 맛이 그닥 없어도 괜찮다. 맛있어서 게걸스레 많이 먹는 것보다는 나으니까.

　예약자 이름을 대니, 직원이 구석으로 안내했다.
　'늦은 나이에 소개팅하러 오셨군요? 하지만 모르는 척해주겠어요'라는 속내가, 빳빳한 유니폼 칼라에서 흘러나오는 듯했다.

성수동남은 먼저 와 있었고, 사라가 나타나자 벌떡 자리에서 일어났다. 키에 자신 있다는 뜻이다. 그리고 그 일어선 남자를 보는 순간 사라는 반가움의 미소를 가장한 회심의 미소를 지었다.

사진보다 훨씬 더 잘생겼기 때문이다. 게다가 초동안.

그는 유머도 넘쳤다. 기승전결에 따라 말할 줄 알았고, 어떻게 해야 반전을 주는지도 알고 있었고, 무엇보다도 자신이 어떻게 해야 잘생겨 보이는지도 알고 있었다. 술도 잘 마셨다. 술이 술술 들어갔다. 둘은 끊임없이 냅킨으로 입을 가리면서 폭소를 주고받았다. 둘은 웃거나 말할 때 절대 입에 있는 음식물을 서로에게 보여주지 않았다.

사라가 집에 들어오기도 전에 성수동남은 안부 카톡을 보냈고, 둘은 '됐다'라고 생각했다. 아마 성수동남은 벌써 사라가 여자 친구가 된 상상을 했을 것이다. 사라 역시 그 생각을 안 한 것은 아니었다. 그러나 사라에게는 3·3법칙이 있었다.

바로 다음 날부터 성수동남은 사라에게 자신의 호감을 보여주기에 여념이 없었다. 같이 가고 싶은 식당은 물론이고 자신의 일주일 스케줄까지 미리 다 공유했다. 사라 역시 성수동남에게 호감을 가지고 있었기에 그런 행위가 고마웠다.

하지만 역시 3·3법칙이 문제였다.

사라의 절친이 붙여준 이름이다, 3·3법칙은. 그 절친이 이렇게 말했다.

"사라, 너는 일단 3번 넘게, 아니 최소 3주 넘게 만나보고 얘기 해줘. 그전에 호감이 갑자기 떨어지는 경우가 많으니까."

그리고 친구가 맞았다. 그 키 크고 유머러스한 남자는 처음 봤을 때가 가장 과묵했던 것이다.

만나면 만날수록 말이 많아도 너무 많았다. 물색없이 많았다. 혼자만, 혼자에 대해 떠들었다. 공작새 날개를 펼치고 흔들어대느라, 정신이 사나왔다.

예컨대 성수동남이 자기 아버지와의 어렸을 때 추억을 20분째 혼자서 떠들었다고 칠 때, 사라가 잠시 틈을 노려 자신도 아버지와 어렸을 때 야구를 보러 간 추억을 꺼내는 순간 성수동남은 주도권을 다시 인터셉트하여 자신이 친구랑 야구 보러 간 이야기로

20분을 떠들었다.

사라는 결국 입을 다무는 쪽을 택했다. 공작새 날개를 펼치고 정신없이 흔들어대기만 하는 남자의 말에 끼어들 틈을 찾기가 힘들었다. 가장 큰 감점 요소였다.

그 후부터는 성수동남의 잘생긴 미소도 인위적으로 보이기 시작했다. 셀카용 표정 같은?

'오호라, 본인이 본인 잘생긴 것을 아는구나, 흥.'

그러고 보니 그 사람의 카카오톡 프로필 사진은 오직 셀카로 도배돼 있었다. 곧 반백이 되는 남자의 카카오톡 프로필 사진이 모두 셀카라니! 감점 요소가 더 부각되었다.

세 번째 만남 이후로 사라는 성수동남과의 시간이 재미가 없는 정도가 아니라, 지치게 되었다. 청중으로만 앉아 있는 것인데, 이럴 바에는 방청객 알바비라도 받아야 할 것 같았다. 가점 요소가 보이길 바랐지만, 첫날의 모습이 최고의 모습이었다. 더 이상의 만남은 의미가 없을 것 같았다.

"우리 다음 주에는 어디를 갈까요? 가고픈 곳 정말 많아요."

성수동남은 대화가 잘 통했다고 느꼈나 보다. 그럴 수밖에. 본인은 하고픈 말을 다 하였으니.

어떻게 답해야 할까 고민하다 말고, 사라는 성수동남과의 톡방이 아니라 절친과의 톡방을 먼저 열었다. 그리고 또 그 멘트를 리즈에게 하고야 말았다.

'그 남자, 대화가 안 통해.'

호기심이 호감으로 발전되지 못하고, 거품으로 사라지는 순간이었다.

그리고 딱 그 즈음이었다. 사라의 또 다른 절친인 카메론(《내 남자 친구의 결혼식》 여주인공인 카메론 디아즈같이 단발머리가 잘 어울린다)이 사라에게 전화를 했다.

"소개팅할래?"

06
감점 놀이 소개팅 2
목동남

성수동남을 처음 만난 지 정확히 6주 만에 목동남을 보게 되었다. 단독 주택을 개조한 이탈리안 식당이었다. 예약자 이름을 대자 다행히 직원이 방으로 안내했다.

이 남자는 외모가 평범하고 키도 평범했다. 그러나 사라가 중시하는 대화, 그 대화가 무척이나 서로 즐거웠다. 성수동남과의 대화도 즐거웠으나 깊이가 조금 달랐다.

'왜?'에 대한 대화가 가능했다. '왜?'를 물으면 따진다고 생각하는 사람들이 얼마나 많은지. 하지만 이 사람은 자신이 먼저 '왜?'라는 질문을 달고 다니는 사람이었다.

하지만 사라가 간과한 것이 있었으니, '왜?'라는 질문을 던지는 사람은 그만큼 예민하고 까다롭다는 것이다. 바로 사라 자신처럼.

둘은 다음 날부터 거의 매일 보았다. 일이 10시에 끝나도, 11시에 끝나도 보았다. 일하는 중간 한두 시간이라도 틈이 나면 서로를 찾았다. 잠시 차라도 마셨다. 그게 안 되는 날이면 전화 통화라도 했다. 한 시간씩.

갱년기를 향해 가는 사람들이 이 정도 열정으로 누군가를 만난다는 것은 흔한 일이 아니다. 사라는 당연히 자신이 이 사람과 미래를 향해 순탄하게 나아갈 것이라고 생각했다.

그런데 사라가 그 생각을 자연스레 한 순간, 목동남은 본능적으로 알아차리고야 말았다. 이 여성이 자신이 생각하는 것보다 덜 독립적이라는 것을.

사실 목동남은 결혼 생각이 없는 남자였다. 은연중에 표현하기도 했다. 자신이 결혼이라는 제도에 대하여 얼마나 회의적으로 생각하는지를. 그러나 사라는 진지하게 듣지 않는 듯했다.

그렇게 만남을 이어가고 약 두 달쯤 되었을 때, 사라가 카카오톡으로 '어제는 어째 하루 종일 연락이 없었네요? 몇 시쯤 잠 들었어요?' 하는 순간 목동남은 숨이 막혔다.

아, 뭔가 다를 것 같았는데 이 여자도 똑같구나.

네가 뭔데 우리가 날마다 연락을 해야 하고, 몇 시에 자고 몇 시에 일어났는지를 서로 체크해야 하는 거지? 난 그런 관계 가지고 싶지 않단 말이야.

감점이 되고야 말았다. 감점은 가속의 성질을 지니고 있다. 그다음부터 사라의 행동은 목동남의 신경을 급속도로 거슬리기 시작했다.

그녀의 호탕한 웃음소리가 방정맞다고 생각했다. 그녀의 큰 눈 때문에 눈곱이 더 잘 보인다고 생각했다.

급기야 그녀와 주말에 밥을 먹는 것도 불편해지기 시작했다. 주중의 노곤한 몸을 눕히고, 넷플릭스에서 미드나 실컷 볼 수 있는 내 소중한 시간을 그녀가 침범한다고 여겨지기 시작했다. 그러던 와중 그녀와 저녁을 먹고 술 한잔하는데, 그녀가 앙탈을 부리더니 입을 닦던 휴지를 목동남에게 집어 던졌다. 그리고 말했다.

"지랄하네!"

그 순간 채점이 끝났다. 시험지를 덮었다. 목동남은 여자에게 그런 행동을 용납하는 남자가 아니었다.

사라는 다음 날 '그만 보는 게 좋겠어'라는 톡을 마지막으로 더는 목동남을 보지 못했다. 사라는 한동안 주변 사람들을 붙잡고, 도대체 목동남의 심리가 무엇인지에 대하여 탐문을 벌여야만 했다. 도대체 그토록 대화가 잘 통하다 말고, 갑작스레 저런 행동을 한단 말인가.

"남자가 바빴나 보다."

"네가 부담스러웠나 보다."

"남자가 아직 연애할 준비가 안 되었나 보네."

"야야, 때려쳐. 그 남자 사이코야. 그러니 그 나이 먹도록 여태 장가를 못 갔지."

사라로부터 필터링된 정보만 받고서, 사라의 친구들은 목동남에 대하여 대리 감점을 해주었다. 사라가 못하니, 주변인이라도 해야지.

그러나 정답은 그게 아니었다. 남자 심판의 감점으로 인해 컷이

탈락된 것이었다. 그게 다였다. 사라가 성수동남을 컷 탈락시켰듯
이 말이다.

연애는 상대를 알아가는 것.

그래도 적당히 나 같을 것이라는 최소한의 기대를 전제로 한다.

어느 누구도 그 끝에

참담한 진실을 마주할 것이라고 생각하지는 않는다.

달라도 그토록 다를 줄이야….

07 사라의 기회비용

나이 들어 하는 소개팅은 서로의 최대치를 보여주는 날이다. 어린 시절에야 많은 게 서툴러서 첫날 외려 못난 모습을 보여줄지도 모른다. 그러나 중년을 향해 가면 서로 잘 안다. 어떻게 해야 가장 멋져 보이는지. 그때까지 한 미팅이 몇 번이고, 본 인터뷰가 얼마이고, 선보인 PPT가 몇 개인데 그걸 못할까. 일종의 면접일이다. 배우로 치면 오디션 날이다.

지금 이 순간 후렴구를 딱 30초만 부르고는 노래에 흥미가 있는 척할 수 있다. 〈알함브라의 궁전〉 도입부를 딱 20초만 기타로 치고서는, 기타에 재능이 있는 척할 수 있다. 설사 내가 못하는 것이라도, 할 준비가 되어 있다고, 얼마든지 할 것이라고 큰소리부터 쳐야 한다. 그날이 100점을 보여준 날이다.

앞으로는 깎일 일만 남아 있다. 그런데도 소개팅에 나가고 마는 나 같은 낙관주의자들은 기도하는 마음으로 믿는다. 제발 이 모습과 실제 모습 사이의 편차가 오차 범위 내이길. 최소한 그 첫인상이 맘에 든 것을 전제로 말이다.

그러나 그 믿음은 대체로 빠르면 3주, 늦으면 3달 이내에 배신을 당한다. 감점이 다 끝났거나, 아니면 감점을 당하였기 때문이다.

처음 본 날보다 더 멋진 날은 없다는 것을 알면서도, 그 모습이 평소 모습이라 믿고픈 마음은 무엇일까? 그런 식으로라도 사랑에 빠지고 싶은 걸까? 그렇게도 관계가 급한가?

사라는 그렇게 몇 달을 보내고는 의문이 들었다. 자신이 과연 무엇 때문에 소개팅을 하는 것인지 스스로 알 수가 없었다. 몇 년 전부터 결혼은 안 할 수도 있다고 생각했다. 아이는 자기 인생에 없을 것 같다고 생각했다. 그렇다면 굳이 소개팅을 해서 섣불리 서로를 무대 위에 올려놓은 후 감점을 위한 심판을 하는 이유가 무엇일까.

자신의 인생에서 소개팅이란 아예 필요 없는 것은 아닐까 하는 생각까지 들기 시작했다. 누군가와 자연스레 정이 통하는 경우는 어쩔 수 없다고 하더라도, 소개팅 자체에 대한 회의가 들기 시작한 것이다.

그렇지만 여전히 관계가 급한 사람들이 있다. 이번 생에 아이를 꼭 낳고야 말 테고, 아이가 없더라도 결혼은 꼭 해야겠다고 생각하는 사람. 그런 사람들은 여전히 오늘도 소개팅이 급하다.

연애의
여러 가지 무늬들

08 # J의 나비효과

웃을 때마다 눈이 초승달이 되어서 이효리 필이 나는 L은 홍보 대행업체 직원이었고, 전지현을 떠올리게 하는 J(머릿결이 샴푸 광고 모델을 해도 손색이 없을 정도로 찰랑거린다)는 화장품 회사 직원이었다. 처음 만났을 때 둘은 29살 동갑이었고, 싱글이었다. L은 딱히 결혼 생각이 없었고, J는 자신은 꼭 올해 내에 결혼하고야 말겠다고 했다.

10년이 지났다. 결혼 생각이 없던 L은 결혼해서 호주에서 살게 되었고, J는 여전히 올해 안에는 결혼하고야 말겠다며 말하고 다녔다. 왕성한 소개팅을 위하여 전문 업체에도 가입했고, 대형 교회에도 들어가 종교 활동도 시작했고, 가장 큰 세계적 봉사 단체에도 가입했다.

J에게 호감을 갖는 남자들은 많았다. 그녀는 전형적인 미녀는 아니지만, 웃는 인상을 가지고 있었다. 쌍꺼풀 없는 눈매가 부드러워 보였고, 웃을 때 입매는 솔직 담백해 보였다. 피부는 빛이 났고, 숱 많은 머리는 겨드랑이 밑까지 출렁거렸다. 그리고 대기업의 관리직이었다. 사람을 만날 기회가 많았고, 나이보다 훨씬 어려 보이고 선해 보이는 인상 덕에 남자들이 '아내감'으로 나쁘지 않다고 생각하곤 하였다. 하지만 이상하게 결혼까지는 연결되지 않았다.

그런 그녀가 드디어 결혼 날짜를 잡았다. 이효리 분위기가 나는 L 덕이었다. 정작 '이효리'도 모르는 '이효리' 덕.

J가 결혼 날짜를 잡은 때로부터 시간을 약 10개월 전으로 돌려

보자. L 부부는 마침 이웃인 한국인 의사 김 원장과 함께 저녁을 먹고 있었다. 그 한국인 의사는 최근에 L 부부와 막 친해졌는데, 이혼남이었다. 이혼하면서 해외에 와서 한인 타운에 개원을 한 것이다.

L이 보기에 김 원장은 이혼했다는 것 외에는 완벽해 보였다. 키도 적당했고, 쌍꺼풀이 좀 진하기는 했으나 호감형이었다. 의사답지 않게 운동을 좋아해서 골프며 승마며 웨이크보드며 뭐든 수준급으로 했고, 어깨도 잘 벌어졌다. 아이는 한국에 있는 전처가 키운다고 했으니, 자신이 아는 싱글 친구들을 소개시켜주고 싶다는 생각이 든 것도 이상할 것이 없었다.

그런데 딱히 소개해줄 사람이 떠오르지 않던 중, 이래서 인연은 타이밍인가, J가 마침 서울에서 안부 톡을 보낸 것이다. 호주에 있던 세 사람은 취한 상태였고, L의 남편도 옆에서 흥을 부추겼다. 그래서 L은 영상 통화로 J와 김 원장을 인사시켰다. 혼인 10년 차인 L 부부는 쑥스럽게 통화하는 두 사람을 보는 게 무척이나 재미있었다. 그 셋은 흥이 올라 그 상태로 와인 두 병을 더 비웠다. 그리고 그 일은 L의 기억에서 완전히 잊혀졌다.

그리고 반년도 더 지났다. J가 갑자기 L이 살고 있는 호주의 도

시를 방문한다고 연락이 온 것이다. 그것도 도착 이틀 전에야.

"아니, 왜 이제야 연락을 줘? 진작 알려주지."

"그냥. 너 괜히 불편할까 봐."

"여기는 왜 오는 건데?"

J는 추위를 피해 남반구로 온다고 했다. 믿었다. 한국은 연일 한 낮에도 영하 기온이었으니까. 호주에 정착한 지 벌써 10년이 되었 건만, 그리 놀러 와라 놀러 와라 해도 한 번도 찾아오지 않아 내 심 서운하던 차였다. 그런데 드디어 온다니! L의 결혼식에서 부케 를 받은 사람도 J였다. 그러고 보니 결혼 10주년이기도 했다.

"숙소는?"

"잡았지. 메리어트로."

"뭐? 왜 돈을 써? 우리 집에서 지내면 되지. 애들 둘이서 한 방 쓰라고 하고, 넌 우리 딸 방에서 자면 돼."

J는 극구 거부했다. 민폐 끼치기 싫다고. 하지만 L이 더 강했다. 결국 J는 하룻밤을 L의 집에서 신세지기로 했다. 보통은 도착 첫날 머물 텐데, J는 도착 다음 날에 가겠다고 했다. 마중도 필요 없다고 했다. L은 그때 눈치 챘어야 했다. 그러나 전혀 몰랐다. 반년 전 그 날 워낙 취했기 때문이다.

이틀 뒤 현관 문 앞에 서 있던 사람은 J 한 명이 아니었다. 김 원장이 함께 있었다. 한 명은 여행객인데도 여름용 검정 칵테일 드레스를 곱게 입었고, 또 한 명은 휴일인데도 면바지에 긴 옥스퍼드 셔츠 차림이었는데, 둘이 같이 서 있는 모습을 보고도 L은 어리둥절하여 무슨 상황인지 알 길이 없었다. 김 원장을 초대한 적이 있었나? 김 원장이 마침 우리 집에 들른 거라면 이 둘은 무슨 인연인 것일까?

"지지배, 우리 왔다."

안 그래도 웃음기 넘치는 J의 눈매가 쑥스러운 빛으로 가득했다.

우리....?!

L은 그제야 "야!!!!!!!!!"라고 외치면서, 10년 만에 자신의 집을 방문한 J를 반기기도 전에 팔뚝을 마구 내려쳤다.

상황은 이러하였다. 영상 통화 이후 L은 J에게 김 원장의 전화번호를 넘겨주었다(L은 전혀 기억이 안 났다). J는 애교가 넘치는 사람이었다. 그녀는 해외에서 혼자 살고 있는 김 원장에게 애교 넘치는 안부 톡을 보내곤 했다. 김 원장의 전처는 공무원이었고, 애살 있는 성격이 아니었다. 둘은 그렇게 친해졌다.

하지만 만나기란 쉽지 않았다. 늘 그렇게 톡 또는 영상 통화였다. 덕분에 채점이 제대로 안 됐다. 애틋함은 감점 요소가 아니라 가점 요소였다.

결국 김 원장이 먼저 서울을 방문해서 일주일 중 사흘을 같이 보냈다. 둘의 관계는 그렇게 깊어졌고, 사흘만을 함께 보내다가 헤어진 연인이 얼마나 서로 그리웠겠는가. 그러니 이번에는 J가 김 원장을 방문할 차례였다. 메리어트는 당연히 거짓이었다.

그런데도 L은 자신의 집에서 머물라고 그렇게 종용했으니, J가 얼마나 난감했을까.

"야, 이 깜찍한 것 같으니라고! 어떻게 우릴 이렇게 감쪽같이 속이냐?"

지루한 해외 지사 생활에서 이렇게 흥미로운 이벤트가 또 있을까. 김 원장이 들고 온 와인과 집에 있는 와인은 이미 동이 났고, 차고에 두었던 맥주가 박스째 나왔다.

넷은 새벽까지 술을 함께 했고, 결국 김 원장과 J는 함께 그 집의 딸네 방에서 잠들게 되었다.

"야, 아무리 그래도 애들 방이다. 애들 방에서 애를 만드는 일은

삼가줘."

비록 기억도 안 나던 일이지만 자기 덕에 이런 일이 생겼다는 게 내심 뿌듯했고, 뭐 콜롬보 백이나 에르메스 가방은 아니더라도 최소 펜디 가방 정도는 받을 수 있을지도 모른다는 맘이 잠시 든 것도 사실이었다.

그리고 딱 그때까지였다. L이 으쓱하고 생색낼 수 있었던 때는.

J가 돌아간 뒤로 김 원장이 L 부부를 피하기 시작한 것이다. 분명 J는 결혼 날짜까지 잡았다고 했는데. 남편으로부터 그의 감정이 식고 있다는 것을 전해 들을 수 있었다.

김 원장이 결혼을 피하고 싶어 한다는 것이었다. 본인은 한 번 실패했고, J를 안 지 얼마 되지도 않았고, 실제로 만난 건 더더욱 몇 번 되지도 않고 해서 신중하고 싶은데, J 쪽에서 자신은 올해 결혼하지 않으면 더는 만날 이유가 없다고 선포했다는 것이다. 언젠가 재혼을 하기는 할 것이라 얼떨결에 결혼 날짜를 잡기는 잡았지만, 하루하루 지날수록 아닌 것만 같다고 했다는 것이다.

그리고 결정적으로 도화선이 된 사건은 따로 있었다. J가 아이의 거취를 문제 삼기 시작한 것이다. 혹시 피치 못할 사정이 생기면 아이를 호주에 데리고 와서 키울 것이냐고 물었고, 김 원장은 그럴 수밖에 없지 않겠느냐고 답변한 것이 화근이었다. 이것을 J는 김 원장이 자신을 사랑하지 않는 징표로 받아들였다. 자신을 정말 사랑한다면 아니라고 답해야 했다고, 설령 나중 일은 모르더라도 일단은 말로만이라도 "아니"라고 답했어야 하는 것 아니냐고, 그러니 당신은 날 사랑하지 않는다고 채근했다.

그렇게 둘은 헤어졌다.

J는 '역시 이혼남은 아이를 더 우선시하니 피해야겠군'이라는 교훈을 얻었고, 김 원장은 '앞으로는 혼인 경력이 있는 사람을 만나야겠다'라는 교훈을 얻었다.

애교 없던 여자에게 지쳤던 김 원장은 애교 많은 J에게 넘어갔다. 그리고 J의 채근에 지친 김 원장은 뭐든 다 맞춰줄 것 같은 여자를 다음번의 혼인 상대로 골랐다.

그 여성은 골프장 캐디 출신이었는데, 혼자 아들을 키우고 호주로 와서 웨이트리스로 일하고 있었다. L이 묘사한 그녀는 미인이 아니었고, 그닥 인상이 좋지도 않았다. 심지어 그녀는 마트에서 와인 시음 판매한 전력을 "소믈리에"였다고 표현하고, 카페에서 아르바이트했던 전력을 "바리스타"라고 표현할 정도였다. 정말 해맑게.

하지만 이 여성은 자신의 단점을 다른 방향으로 커버할 줄 알았다. 그녀는 김 원장에게 '뭐든 당신이 편하게 해줄 거다. 당신의 아들, 내가 키워도 좋다. 얼마든지 데리고 와라'라고 하였다. 그 점에 넘어갔다, 김 원장은.

김 원장은 결국 이 여성과 결혼했다. 그리고 결혼하자마자 이 여성은 방 세 개짜리 집이 좁다며 투덜댔고, 하는 수 없이 김 원장은 대출을 얻어 방 다섯 개짜리 집으로 이사를 갔다. 그리고 사춘기에 달한 이 여성의 아들도 김 원장이 키우고, 자기 아들의 교육비와 생활비도 모두 김 원장의 몫이 되었다. 김 원장의 아들은 여전히 서울에 살고 있고 말이다.

그리고 L 부부는 김 원장과 멀어졌다. J가 낳은 나비효과다.

J는 여전히 올해 내에 결혼하겠다는 목표를 세웠다. 10년 전과
같은 목표다.

나와 안 맞아 헤어진 사람이

다른 누군가를 만나 결혼하고 잘산다는 소식이 들려온다.

역시 내가 문제였나?

아닐 거야. 서로 잘 맞고 어울리는 사람이 따로 있는 거겠지.

그런데 결혼한 사람들은 그 어려운 확률을 뚫고 만나

행복하게들 잘살고 있는 걸까?

브런치 모임

도대체 왜 연애는 필수라고들 말하는 거야?

브런치 약속을 즐기는 편이다. 브런치만의 즐거움이 있다. 첫째, 두 끼를 한 끼만 먹어도 되니 다이어트하는 기분이 든다. 둘째, 두 끼라고 생각하니 좀 더 양껏 많이 먹게 된다. 셋째, 실컷 수다 떨고 헤어져도 여전히 낮이다. 가장 따뜻할 때에 헤어지는 것도 기분 좋다. 한겨울 밤 술이 어설프게 깬 상태로 도산대로 사거리에서 발 동동 구르며 택시를 잡을 때면, 그날의 만남 자체를 후회하게 되기도 하지만 브런치는 그럴 일이 없다. 오히려 하루에 생기가 생긴다.

같은 클럽에 다니다가 친해진 언니들과 함께 브런치를 하게 되었다. 그러고 보니 두 사람 다 실용적 학과의 지방 대학교 교수였다. 한 명은 이국적인 이목구비가 시원시원해서 배우 박시연을 떠올리게 해 편의상 P라고 부르겠다. 다른 한 명은 날카롭지만 세련된 인상을 주어서 이미숙을 연상시킨다. 그래서 Yi의 Y라고 하겠다. 이 둘은 대표적으로 내게 "안 돼, 혼자 있으면. 누구라도 만나야지"라고 말하곤 하는 사람들이고, 그래서 내게 소개팅을 각각 두 번씩 해준 사람들이기도 하다. 잔소리를 하는 사람들이 선의도 베푼다는 게 여기에서 또 드러난다. 늘 고맙게 생각하는 사람들이다.

브런치를 먹으면서 이 둘에게 단도직입적으로 물어봤다. 이번에는 드디어 내가 "왜?"를 던졌다. 도대체 왜 싱글에게 결혼은 안 해도 연애는 해야지, 라는 말을 하냐고.

"안 그러면 외롭잖아. 그리고 또 누가 아니? 결혼하게 될지. 우리 여자들은 그래도 누군가에게 의지하고 살아야지."

P는 지금도 초면의 남자가 앞에 앉아 있을 때면, 눈을 45도 아래로 뜨고 입을 가리고 웃는다. 우리와 있을 때와는 딴판이다. 그녀의 예전 꿈은 청담동 며느리였다.

그런데 일리가 있었다. 삶의 옵션이 하나 더 느는 것은 좋은 일 아닌가. 연애를 하고, 그로 인하여 결혼을 하게 될지도 모르고. 굳이 그 가능성을 차단할 필요까지 있겠느냐가 그녀의 말인데, 현명하게 들리기도 하다.

Y는 다른 답변을 하였다.

"난 아냐. 결혼은 안 해도 된다고 생각해. 물론 난 결혼해서 행복해. 남편에게서도 아들에게서도 이런 사랑을 얻을 수 있는 게 결혼 덕이기는 해. 그런데 결혼 때문에 힘들어하는 사람들이 많아서 그런지 나는 꼭 결혼을 할 필요는 없다고 생각해. 하지만 문제는 연애야. 연애까지 안 하면 사람이 너무 괴팍해지더라고. 솔직히 난 어디 가서 새로운 사람 만났는데, 그 사람이 나이 먹도록 혼자이다 싶으면 긴장하게 돼. 보나마나 까칠하거든."

"엄마, 엄마는 왜 나보고 그렇게 법조인 되라고 했어?"

한참 로펌 변호사 생활이 지긋지긋할 때, 엄마에게 여쭈어보았다.

"엄마는 변호사가 그냥 말로 편하게 돈 버는 직업인 줄 알았지, 이렇게 힘들 줄 알았나."

이럴 수가. 잘 모르면서 나의 미래를 설계한 것이었다니.

브런치를 마치고 돌아오는데, 딱 그 느낌이었다. 연애 그리고 관계에 내가 모르는 엄청난 장점이 숨어 있을 것을 기대했다. 하지만 두 사람의 답변은 아, 남들이라고 관계의 장점을 딱히 더 잘 아는 것도 아니다 싶었다.

앞서 연애 그리고 관계를 통해 자신의 가치가 증대된 느낌이 든다는 이야기를 했다. 그러나 그걸 찾아 헤매던 사라는 인생의 소중한 시간을 넉 달이나 허비했다. 그 사이 그녀가 나아진 것은 하나도 없었다. 운동도 못했고, 피부 관리도 못했고, 책도 못 읽었다. 전지현을 떠올리게 하는 J는 더 심하다. 비행기 값만 날린 것이 아니라, 김 원장의 인생까지 틀어버렸다.

나 자신의 경험을 뒤돌아봐도 그렇다. 나도 꽤나 소개팅 시장을 어슬렁거린 표범이었다. 그것도 무척이나 배고픈.

별별 랭킹을 만들어도 될 정도로 별별 사람들을 다 만났다. 여자 친구가 있으면서 나온 것 정도는 이해할 수 있다. 두 달 뒤 결혼할 남자가 나온 적도 있었다.

"곧 조금 바쁜 일이 있어서 한동안 연락을 못할 수 있어요."

알고 보니 그게 결혼이었을 줄이야.

그나마 이 사람은 결혼 전에 들킨 경우이고, 알고 보니 이미 신혼여행까지 다녀온 뒤라는 사실까지 알지 못한 채 연락을 주고받은 경우조차 있었다. 어떻게든 날 통해서 자기 책을 광고하려던 사람도 있었고, 알고 보니 내 친구랑 사귀었던 사람도 있었다. 눈을 제대로 쳐다보지 못하고 무언가 웅얼거리는 느낌으로 말하기에 그저 수줍음이 많은가 보다, 라고 좋게 해석했으나 알고 보니 조현병을 치료 중이었던 남자도 있었다.

성격이 좋고 안 좋고, 나랑 맞고 안 맞고의 문제가 아니라 기본적으로 관계 결격 사유를 가진 사람들 아닌가. 그런 사람들이 나와서 가장 멋진 척하면서까지 얻고픈 게 관계라면, 관계가 그 정도로 가치 있는 일인 게 맞는가?

20대의 관계는 그러했다. 덕분에 성숙했다. 덕분에 사회화가 되었다.

30대의 관계도 그러했다. 역시 덕분에 성숙했다. 그리고 결혼까지 가지는 않았지만, 결혼하고 아이를 낳기 위해서라면 감수할 가치가 있었다.

그런데 40대가 된 지금은?

사회화도 될 만큼 됐다. 아이는 거의 포기 분위기다. 특별한 대접을 받는다? 그것은 초반 잠시일 뿐이다. 오히려 관계가 내 자존심과 자존감을 바닥에 내동이치도록 만든 적이 더 많았다. 그것만 아니면 울 일이 없었다. 신경안정제를 먹을 일도 없었다. 누군가에 의하여 특별해지고 싶었건만, 외려 특별히 우울해지고 말곤 했다.

이처럼 수많은 소개팅 끝에 겨우 이어지는 관계가 딱히 즐겁지도 않다면, 굳이 소개팅을 할 필요가 뭐가 있을까.

아, 혹시 그게 소개팅이라서 그런 것이라고? 소개팅은 서로 검증을 못하니까. 그래도 어느 정도의 검증을 거친 선은 좀 더 낫다고 말하는 사람이 있을지도 모르겠다.

그래서 다음 사례를 소개하겠다.

작정하고 속이면 어쩔 건데?

소개팅이 너무 깜깜이라서 그런 거라고, 그래서 차라리 선이 더 낫다고 하는 사람들이 있다.

아나스타샤(긴 생머리, 쌍꺼풀 없이 긴 광대가 애니메이션 주인공을 닮았다)는 케이블 방송국의 피디다. 안정된 직장에 탄탄한 몸매를 가졌지만, 야근이 많은 직업 탓에 남자 친구를 오래 사귀지 못했다. 결국 결혼 때를 놓쳤다.

30대 초중반일 때까지는 그래도 결혼 중개 업체 가입을 피했다. 부끄럽고 자존심 상했다. 그러나 30대 후반이 되고 급기야 40이 되자 이제는 주변 사람을 더는 조르지도 못할 정도가 되었고, 그래서 돈 내고 조르기로 했다. 결혼 중개 업체 가입을 통해서.

 그녀라고 한때 전문직 남성 혹은 부잣집 남성과의 로맨스를 꿈
꾸지 않았던 것은 아니다. 분명히 예전에는 꽤 갑으로서 연애했다.
그러나 30대 중후반이 되자 갑을 관계가 바뀌었다. 나이만 듣고도
남자들이 아예 각하却下 처리를 하기 시작한 것이다.

 그래서 일단 자신과의 데이트에 응하기만 한다면, 그 남자는 제
발 평범해도 좋다고 생각하게 되었다. 전에는 차이는 게 평범한 남
자였는데, 대학 때에도, 회사 초년생일 때에도 그냥 널려 있는 사
람들이 그런 평범한 남자들이었는데, 이제는 돈까지 내고, 그 사
람이 제발 날 만나주기만을 기다려야 하는 상황이 되다니.

 다섯 번의 기회 중 세 번째 만남이었다, 상도동남과의 만남은.
학벌도 적당한 인서울, 직업도 적당한 중견 기업 관리직, 나이 차
이도 적당, 심지어 결혼은 한 번도 하지 않았다.

 딱 이 사람이었다!

 그런데 이게 또 무슨 행운인지. 상도동남은 처음 보았을 때부터
아나스타샤에게 직진했다. 이런 반응이 얼마만인가. 20대에나 겪

어본 일이었다.

　아침부터 저녁까지 자신의 일정을 꼬박꼬박 알려주었고, 아나스타샤가 무얼 하는지 항상 궁금해했다. 야근한다고 하면 회사 앞에 샌드위치와 과일 간식을 사들고 와서 주고 갔다. 일주일에 두 번은 회사 앞으로 데리러 와서 저녁을 함께 하고 집까지 데려다주었다. 회사가 분당에 있는데도 말이다. 40대 중후반의 남자에게 그 정도의 열정과 체력이 남아 있다니!

　만난 지 한 달 하고 보름이 지났을 때 아나스타샤는 상도동남이 혼자 사는 집에서 함께 첫 관계를 나누었다. 그리고 첫 관계를 가진 후에도 상도동남의 열정은 변함이 없었다. 그렇게 첫 번째 위기를 넘겼다.

　석 달. 석 달만 넘기면 안정권이라고 생각했는데 그 석 달이 넘어갔다. 두 번째 위기도 넘겼다.
　이제는 서로 결혼에 대한 의견을 조율할 일만 남았다. 서로의 정확한 연봉, 재산 상황, 가족들의 경제 상황 등 각자에 대한 사항 외에 함께 살 집, 결혼 날짜, 원하는 결혼 스타일, 결혼 후의 수입 관리 등 가장 큰 위기만 남아 있다고 생각했다.

아나스타샤와 상도동남은 심지어 그 위기도 넘겼다! 워낙 과년한 나이에 결혼하는 만큼 여자도 남자도 둘이 합쳐 4~5억 정도 되는 전셋집은 구할 형편이 되었고, 상도동남은 오직 당신만을 위해 준비했다면서 전셋집을 구하고도 한참 더 남는 현금 통장까지 아나스타샤에게 보여주었다.

이렇게 착실하고 성실한 남자가 지금까지 결혼 안 하고 남아 있었다니. 심지어 나만을 이토록 사랑해주다니. 거기에 더해 상도동남의 어머니까지 아나스타샤를 쏙 맘에 들어 한다는 것이었다! 나이가 많다고 당연히 꺼려할 줄 알았건만 말이다.

상도동남의 어머니는 아나스타샤의 손을 두 손으로 꼬옥 잡고는 "얘가 너를 만나려고 지금까지 여자도 안 만나고, 결혼도 안 하고 있었나 보다"라고 말했다. 살짝 눈물이 비치는 듯도 했다.

아나스타샤 자신도 그렇게 생각했다. 내가 이 사람을 만나려고 지금껏 그 많은 소개팅에, 선에, 연애를 했나 보다. 그래, 욕심을 내려놓고 평범한 사람 만나려고 하니까, 이렇게 일이 순탄하게 풀리는구나.

이야기가 이렇게 여기에서 끝나면 얼마나 좋을까마는 생각지도 못한 반전이 기다리고 있었다.

사실 그 즈음 아나스타샤는 다소 불안해하던 참이었다. 일단 연락이 뜸해졌고, 연락을 해도 전처럼 다정하게 안부를 묻지 않았다. 보는 횟수도 줄어들었다. 볼 때마다 둘은 뜨겁게 사랑을 나누곤 했는데, 남자가 핑계를 대며 피하기도 했다.

이제 내게 식은 것인가. 다른 사람들처럼 이 사람도 떠나는 것인가. 하지만 이미 양가 인사도 드렸고, 결혼식 날짜도 잡은 터였다. 신혼집으로 전셋집도 이미 계약한 터였다. 쉽게 물리지는 못할 것이라고 믿었다. 그리고 20년간의 여러 경험을 통해 알았다. 이럴 때일수록 모르는 척해야 한다는 것을.

주말이었고 일주일 만에 보았다. 호텔이었다. 그날도 섹스를 하였고, 둘은 배달의 민족으로 족발을 시켜 먹었다. 그런데 상도동남이 체한 것 같다고 하면서 족발을 거의 다 남겼다. 평소에는 이 사람 식탐 있나, 할 정도로 많이 먹곤 했는데 말이다. 함께 침대에 누워 TV를 켰는데, TV에도 집중하지 못하는 듯 뭔가 안절부절못했다. 그러고는 숨이 가쁘다고 했고, 잠시 화장실에 간다고 일어나더니 그 상태로 쓰러졌다. 속옷 차림으로 말이다.

아나스타샤는 방송국 프로듀서다. 갖은 사람들과 갖은 상황들을 겪었다. 생방송 도중에 나가는 사람도 있었다. 뇌졸중의 증세라는 것, 자신과 이 사람이 어떤 차림이고 어디인지가 중하지 않았다. 일단 119부터 불러야 한다는 것을 바로 알았다.

그래도 그때는 건강만의 문제일 줄 알았다. 그리고 아직 40대 중후반이니 깨어날 것이라고 믿었다. 아니, 믿고 싶었다.

하지만 그는 그대로 의식을 잃었다. 상도동남의 부모도 달려왔다. 병원에서 급히 수술이 필요한데, 보호자 동의가 필요하다고 하였다. 그리고 보호자임을 증명할 수 있는 가족관계증명서가 필요하다고. 상도동남의 어머니는 다리가 떨려 움직일 수가 없다면서, 예비 며느리에게 증명서 대리 발급을 부탁했다.

정신이 혼미했기 때문이다. 의식을 잃은 아들 앞에서 어느 어머니가 그렇지 않겠는가. 아뿔사, 그것은 엄청난 실수였다. 아나스타샤가 인근 주민 센터로 떠난 후 그 어머니는 다른 이유로 다리에 힘이 풀려 주저앉았을지도 모른다. 중환자실에 두 존속이 누워 있을 뻔했다.

왜냐하면 아나스타샤가 대리 발급받은 그 가족관계증명서에는 상도동남의 부모뿐만 아니라 4살 된 아들까지 함께 기재되어 있었기 때문이다. 아나스타샤도 함께 주저앉을 뻔했다.

몇 번을 다시 보았다. 내가 다른 사람 것을 잘못 뽑은 것일까. 아니었다. 상도동남의 이름 석 자가 분명히 적혀 있었고, 子였다.

'그래. 누나나 형, 하다못해 오빠(상도동남)의 아버지가 낳은 혼외 자식을 호적에 올린 것일 수도 있어.'

아나스타샤는 인터넷 뉴스와 이야기창에서 떠돌던 수많은 이야기를 떠올렸다. 그럴 가능성이 없는 게 아니었다. 그러니 일단은 차분해지자고 마음먹었다. 수술부터 해야 하니 일단 이 증명서를 상도동남의 부모에게 가져다주고 모르는 척하기로 했다. 그리고 증거를 통해 사실을 확인하자고 마음먹었다.

어떻게?

휴대폰으로부터.

상도동남의 가방과 휴대폰은 모두 병원에 있었다. 아나스타샤
는 마치 아무것도 못 본 양 증명서를 3등분으로 접어서 예비 시어
머니에게 전달했다. 어머니는 아나스타샤의 눈도 마주치지 않고,
그것을 들고 간호사를 찾아갔다.

이때였다.

아나스타샤는 상도동남의 가방에서 휴대폰을 꺼내서, 혼수상
태에 있는 약혼자의 지문을 대어 잠금 상태를 풀었다. 그리고 화
장실로 냅다 달려가 변기에 앉았다. 덜덜 떨리는 손으로 카카오톡
앱을 열었다. 내 속옷 차림보다 더 은밀하고 더 들키고 싶지 않는
게 카카오톡 아닌가.

돌싱이라면 분명히 전처와 주고받은 톡이 있을 것이다, 라고 생
각했다.

카카오톡. 그곳은 지옥문이었다. 그곳에는 아나스타샤가 생각한
것보다 훨씬 더 추악한 진실들이 숨어 있었다.

전처와의 대화창을 찾는 것은 어렵지 않았다. 주로 전처가 일방

적으로 메시지를 보냈다. 양육비 보내라고. 지금 밀린 게 몇 달 치인지 아냐고.

삼삼이 다 뒤져보았다. 도대체 이 인간, 넌 누구냐? 하는 마음으로.

유흥업소 여자들과 시시덕거리는 대화창도 있었고, 딱 봐도 20대, 못 쳐줘도 30대 초반인 여자애들과 나눈 대화도 있었다. 전처와의 대화와는 달리 이 사람이 주로 일방적으로 보냈다.

그럼 능력이 많아 이렇게 이 여자 저 여자에게 집적거렸냐 하면, 그것도 아니었다. 제2 은행권에서 온 문자도 있었다. 대출 원리금 갚으라는. 대출금이 무려 5억 원이었다. 아나스타샤에게 보여줬던 예금 통장의 진원지는 대출금이었다. 본인이 모은 돈이 아니었다.

더 기가 찬 것은 경찰에게서도 문자가 와 있었다. 출석하라고. 폭행죄로 입건되어 있다고.

회사는 지난달 그만둔 상태였다. 곧 이직할 것이라고만 했지, 벌써 퇴직했단 말은 한 적이 없었다.

어떻게 이렇게까지 철저하게 숨길 수 있었을까. 어떻게 사람이 이럴까. 자신이 이런 사람과 입을 맞추고 혀로 서로를 끈적거리게 핥고 벌거벗은 채 사랑한다고 속삭였던 것인가. 양육비도 제때 안 보내는 이혼남에, 폭행죄로 조사받고 있는 빚투성이 백수 남자랑? 토가 올라왔다.

휴대 전화를 무음으로 바꾸고 주머니에 숨겼다. 이 남자의 어머니가 세상 가련한 모친의 모습으로 흐느끼며 자신을 쳐다본다. 가증스러웠다. 그녀의 눈에서는 눈물이 나오지만, 눈매 끝이 비열해 보였다. 울면서도 그녀의 눈치를 흘긋흘긋 보았다.

그녀가 처음 했던 말이 생각난다.

"너를 만나려고 이제까지……."

이 모자 사기꾼 같으니라고. 자기 아들 위하겠다고 남의 딸 인생을 시궁창에 넣으려고 하다니.

벽돌같이 굳은 표정으로 누워 있는 상도동남의 얼굴을 보았다. 인공호흡 장치를 떼버리고 싶을 정도로, 머리부터 발끝이 전부 분노라는 감정으로 차 피가 돌지 않았다. 어지러웠다.

개자식, 이대로 죽어도 싸. 천벌이야! 어떻게 사람을 이렇게까지 속여. 그렇게 해서 결혼해서는 나보고 네 빚도 갚고, 네 아들

양육비도 보태고, 변호사 비용도 대게 하려고? 어쩜 이렇게 악랄해? 네 인생만 망쳤음 되지 왜 내 인생까지 시궁창으로 만들려고 한 거야.

이런 생각들이 머릿속에서 두더지게임의 두더지처럼 뒤죽박죽 튀어나왔다.

아나스타샤는 그 길로 다시는 그 병원에 가지 않았다.

상도동남은 두 달 후 사망했다.

감히 말하겠는데,

소개팅이 혼자 하는 배낭여행보다 더 탐험적이다.

그것은 오지 탐험에 가깝다.

(#)^11 관계 기아 상태

"이렇게 하면 널 가질 줄 알았어. 넌 내 여자니까!"

최민수가 고현정의 양팔을 잡고 치아 사이로 대사를 쏟아낸다. 〈모래시계〉의 그 장면, 국민의 60퍼센트가 아는 그 장면.

'좋겠다! 저렇게 사랑해주는 남자가 있다니!'

10대였던 나는 저 뜨거운 사랑을 받는 고현정, 혜린이 부러웠다. 잠시 다른 이야기지만, 〈모래시계〉 때의 고현정은 내게 절대미의 상징이었다. 그녀가 복귀한다고 할 때 내 맘이 더 설레었건만.

"날 똑바로 봐. 내가 누구야. 떼쟁이 설리야. 안 가. 안 가. 우리가 어떻게 만났는데. 이번에는 안 가."

〈비천무〉의 설리가 죽어가는 진하 곁을 지키며 했던 저 대사를, 장차 설리 역을 하게 될 날을 꿈꾸며 얼마나 읊어댔는지. 때마다 꺼이꺼이 우는 바람에 코에서는 콧물이, 목에서는 짐승 소리가 났다.

야구에는 큰 관심이 없었다. 히로가 정말 좋아하는 사람이 히까리인지, 하루까인지에 관심이 갔다(아다치 미츠루의 만화 『H2』). 매 신간이 나올 때마다 히로와 히까리 에피소드만 집중해서 보았다. 이 어장 관리남 히로 같으니라고.

성인이 된다는 것은 애달픈 사랑을 할 수 있는 나이라고 생각하며 컸다. 3월 2일 캠퍼스 도로 옆 나무들에게서는 솜털처럼 보송보송한 새순이 피어나고 있었고, 아직 얼굴에 솜털이 가시지 않은 나는 이제 나도 그런 드라마 같은 사랑을 실컷 할 수 있다는 기대감을 잔뜩 품은 채 대학교 동아리방에 첫발을 디뎠다.

그리움에 밤 지새우고, 아픈 맘 내색 못한 채 끙끙 앓고, 서로 아무런 조건 없이 사랑하고, 보고 있기만 해도 숨이 벅찬 그런 사랑을 하고팠다. 그런 사랑을 할 수 있을 줄 알았다.

그런데 또 내가 대학 다닐 때가 유독 대하 서사 로맨스 뮤직 비디오가 유행했다. 어찌나 비장하게들 사랑했는지. 1980년대까지는 가수가 직접 나와서 선글라스에 흰 종이를 붙이고 〈하얀 밤에〉(전영록의 뮤직 비디오 〈하얀 밤에〉)를 노래했는데, 1990년대 중후반부터 뮤직 비디오가 블록버스터가 되어 권상우가 나오고 이병헌이 나왔다(안정환도 나왔다. 곱슬머리 장발을 갈기처럼 휘날리며).

웬 대한민국에 총격전이 그리 많은지, 왜 다들 선글라스에 정장을 입고들 싸우는지, 어째서 거기 여자들은 울어도 콧물 한 번 흘리지 않는지, 무엇보다도 그들은 단 한 치의 망설임도 없이 그렇게 바로 사랑에 빠질 수 있는지.

그렇게 죽도록 사랑하다 정말 죽었다. 사랑, 사랑, 사랑, 사랑이 아니면 죽음을!

대학교 입학하자마자 간 곳은 연극 동아리였다. 그것은 10년 전부터 예정된 일이었다. 초등학교 시절부터 내 유일한 꿈은 대학 가면 연극하고 사랑하는 것이었다. 그리고 입학식 당일 총연극부 동아리방을 찾아갔다. 동아리방은 학생회관 2층 제일 안쪽에 있었다. 그 안은 이루 말할 수 없이 꼬질꼬질했다. 온갖 연극 의상에 조명에, 집에 언제 간 건지 알 수도 없는 학생들이 놓고 다니는 담요 등으로 가득 찼건만, 그 와중에 선배들은 담배 연기까지 채워 넣었다. 헌법상의 행복추구권 운운하면서 제발 한 번에 두 사람 이상은 담배 피우지 말라는 호소문을 98학번인 내가 동아리 역사상 처음 붙였다고 했다. 그래도 거기에서 밥도 먹고 잠도 잤고 연애도 했다. 실컷도 했다.

연극을 하면서 사람 그리고 사랑을 탐닉했으니, 얼마나 더 극적인 사랑을 열망했겠는가. 상대를 더 아프게 만들어야지만, 상대의 바닥이 드러나고 드러나다 일부러 지하까지 파야지만 사랑인 줄 알았다. 왜 그렇게 남의 속을 뒤집어놓으면서 사랑을 했는지. 그게 치명적인 줄 알고. 드라마나 만화처럼 말이다. 하다 하다 일부러 내 남자가 나를 구하기 위해 절벽에서 몸을 던져 결국 세상을 떠나는 상상을 하면서 눈물을 훔치곤 했다. 흘릴 눈물이 남아돌았던 시기다.

남 탓하는 걸 좋아하지는 않는다. 그러나 이것은 감히 말할 수 있다. 이렇게 된 것은 환경 탓이다.

우스갯소리로들 말한다.

미국 법정 드라마에서는 사건을 해결하고, 미국 의학 드라마에서는 질병을 해결하고, 미국 경찰 드라마에서는 범인을 잡는다고.

일본 법정 드라마에서는 교훈을, 의학 드라마에서는 교훈을 그리고 경찰 드라마에서도 교훈을 준단다.

그럼 한국은?

TV만 켰다 하면 사랑을 한다. 법정 드라마에서는 법조인들끼리 사랑을 하고, 의학 드라마에서는 의사들끼리 사랑을 하고, 경찰 드라마에서는 경찰들끼리 사랑을 한다. 굳이 뭘 배경을 바꾸나 싶다. 어차피 사랑할걸. 직업은 불명, 이름도 아무개 하면 되지.

웹툰도 마찬가지다. 〈유미의 세포들〉이라는 웹툰을 좋아'했'다. 남녀가 어떻게 호감을 느끼게 되는지에 대하여 몸의 각 세포들이 반응한다는 콘셉트로 남녀들의 같은 상황에서 각기 다른 반응을 섬세하게 표현했을 때까지만.

그러나 이 만화가 전국구 스타가 된 후, 그냥 사랑 만화가 되어버렸다. 분명히 초반에 주인공 유미는 그냥 딱히 내세울 것 없는, 그저 잘 먹는 게 장점인 여성으로 설정돼 있었는데, 이야기가 진행될수록 이런 치명적인 여인이 없다. 눈만 마주치면 서로 사랑에 빠지고, 연애의 휴지기란 없다. 결국 또 연애, 연애, 연애. 현실성이 뚝 떨어져서 난 흥미를 잃었지만, 웹툰의 인기는 더욱 고공행진 중이다.

스트리밍 음악 사이트에 들어가서 분위기 있는 음악을 주제로 선택해서 틀어보면 가관이다.

'내가 어떻게 널 잊니' '난 영원히 이 자리에 있을게' '이별까지 사랑할게'

어휴, 사랑의 중환자들. 인공호흡이 필요한 수준이다.

그러다가 학습된 무기력에 빠져 상대를 미워하기도 한다.

'널 사랑하지 않아' '니가 싫어' '한숨 나' '두 번 다시는 사랑 안 해'

비 오는 날 멍한 정신 좀 맑게 하려고 카페에 가면 더욱 심하다. 이런 노래만이 주구장창 나오는데, 외려 이런 노래 때문에 우울증이 올 정도다. 페스트 치료하려 교회 갔다가 옮는 것처럼 말이다.

한때는, 보다 많은 실패와 고뇌의 시간이 비켜갈 수 없는 것이라면, 해답이 사랑이고 나는 이 세상 모든 것들을 사랑하겠다(조용필의 〈바람의 노래〉)는 아가페적인 사랑 노래도 있었건만 언제부터 이렇게 오직 에로스적인 사랑으로 세상이 가득 차버렸다.

그리고 그것은 어쩌나 세뇌력이 강한지. 마치 내가 그러하듯 10대 여성들도 20대 여성들도 자신도 모르게 '멋진 사랑을 해야지'가 투명 펜으로 쓴 삶의 목표가 되어버리고 만다. 그렇게 해서 겨우 사랑에 빠지면, 내 삶, 상대의 삶, 모든 것을 그 사랑을 위해 희생하고 투자해야 한다고 믿어버린다.

이쯤 되면 거의 종교 아닌가? 맞다. 종교 같은 느낌이다. 사랑 없는 삶은 죽은 삶이 된 것처럼 말하고, 연애 안 하면 루저라는 자괴감마저 생기고, 남들 눈치도 보인다. 모든 종교는 죄책감의 다른 이름이라고 누군가 말하지 않았던가. 거의 그 수준이다.

그럼 사랑이 그 정도로 아름다운 일이 맞는가?

"남자들은 예쁜 여자만 좋아한다며?"라던 나의 질문에 한 회의주의자가 썩소를 날리며 말했다. "그럼 지나가는 기혼 여성들은 다 여신이냐?"

"아무래도 종교가 있으면 좀 선할 것 같지 않아?"라던 다른 친구의 질문에도 그 회의주의자는 역시 썩소를 날리며 말했다. "우리나라 인구 40퍼센트가 종교 있다. 다들 착하디?"

그 회의주의자 친구에게 빙의되었다. 사랑이 그렇게 아름다운 것이라면 왜 세상이 분노 조절, 우울, 이기 등으로 가득 찰까?

한 케이블 방송에서 〈연애의 참견〉이라는 프로그램을 런칭했을 때에 황당했다. 처음에는 누가 저런 곳에 자기 연애 사연을 올릴까 했다. 그런데 사연이 속출한다고 한다. '저렇게까지 하면서 굳이 관계를 유지할 필요 있어?' 할 정도로. 그런데 욕하면서 정든다더니, 이게 참 신기하다. 오히려 위로가 된다. 아, 나만 그렇게 바보천치 같았던 게 아니구나 싶어서.

그리고 어쩌면 평범한 사랑의 대부분은 속고 속이고 자책하는 관계일지도 모르겠다. 평범한 얼굴이 결코 미남, 미인이 아니듯이, 평범한 사랑도 드라마처럼 아름답지 않은 것이다.

1990년대 애절한 뮤직 비디오의 주인공을 맡았던 배우들의 현재 모습을 보면 누구는 음주 운전을 하다 걸렸고, 누구는 아내를 두고 로맨틱한 사랑을 꿈꾸다 망신을 당했고, 누구는 몰라보게 살이 쪄서 아저씨 농담의 대가가 되었다. 이게 현실이다.

연애라는 강렬한 경험은

시간이 지남에 따라 희석되기 마련이다.

특별했던 존재들이 범상해지고 마는 것은 아쉬운 일이지만,

그걸 인정하지 않는 자들은 결국 관계중독에 빠질 수밖에 없다.

12
그런데도 관계가 벼슬인 사람들

걷는 것을 좋아해서 낮은 산을 찾아 걷곤 했다.

경의중앙선을 타고 용평 쪽으로 향했다. 한강을 따라 전철이 동쪽으로 달린다. 계속 지상을 달리다 보니, 전철을 탄 건지 기차를 탄 건지 잘 구별이 안 된다. 그래서 좋았다.

그러다가 알록달록 기능성 옷을 입은 사람들이 우르르 내리는 즈음에 나도 따라 내렸다. 산이 있다는 이야기다. 나무들 곁을 걷다 보면 그들이 내게 자연의 비밀을 속삭이듯 알려줄 것만 같았다.

그렇게 이름 모를 산들의 제일 낮은 곳을 어슬렁거리고 맴돌다 오곤 했다. 정상에 올라가는 것은 딱히 관심이 없었다. 힘든 만큼의 보람이 있다는데, 난 힘들기만 했다(역시 난 정복욕이나 권력욕이 없다).

모두 과거형으로 서술하는 데에는 이유가 있다. 지금은 잘 안 가기 때문이다. 편하려고 혼자 갔는데, 외려 혼자라 불편해졌다. 혼자 온 여성은 타깃이 되기 쉬웠다. 성적 호기심의 타깃이기도 했고, 인간적 호기심의 타깃이기도 했다. 이미 막걸리 한잔 했는지 얼굴이 벌게진 중장년 아저씨들은 혼자 온 여성을 향해 어떻게든 말을 붙이든지 아니면 일부러 몸을 부딪쳐왔다.

"에구구, 내 몸이 왜 이리 가냐."

"아이고, 여기 경사가 심한데, 내가 잡아줄 수도 없고."

앉아서 쉬고 있다 보면, 자신들이 먹던 음식을 같이 먹자며 합석을 요구하기도 했다. 그러다 보니 잠시 앉아 쉬더라도 여성들 곁에 앉는 편이 더 안전하게 느껴졌다. 그런데 이번에는 인간적 호기심의 대상이 되었다. 질문은 늘 하나로 귀결되었다.

"아가씨가 왜 혼자 왔어?"

지금도 그리고 그때도 난 딱히 꾸며 말할 줄 모른다. 조금 더 융

통성이 많은 사람이라면 '남편이 잠시 해외 갔어요' 뭐 그렇게 말했을지도 모른다. 하지만 난 그런 유연함이 없는 사람이었고 그래서 아직 미혼이라고 이실직고했다. 그리고 이 대답을 들은 후 나는 웬만해서는 혼자서 산에 가지 않게 되었다.

"이구, 아무리 성공해도 여자가 혼자면 실패한 인생이야."

나는 어느 화창한 주말 푸른 녹음 아래에 앉아 피톤치드를 즐기고 싶었을 뿐인데, 처음 본 아주머니로부터 인생 루저라는 판정을 받았다.

사법연수원 시절의 그 친구가 그대로 나이가 들면 이렇게 되려나?

일산에서 사법연수원을 2년간 다녀야 했다. 생각해보면 가장 싱그러울 때였다. 등록을 위해 3호선 마두역에서 내려서 3번 출구로 나왔다. 나오면 바로 서쪽이다. 사법연수원 뒤로는 호수공원이 있기 때문에 지평선이 그대로 보인다. 그때는 마침 저녁 무렵이었고 해가 지고 있었다. 유독 붉고 유독 컸다. 그 해의 빛이 그토록 은혜로울 수가 없었다.

신림9동(지금은 주민들 요청에 따라 대학동으로 이름이 바뀌었다)은 나무 한 그루 없는 동네였다. 장수생들은 불안한 미래를 1,000원짜리 연초에 100원짜리 믹스커피 한 잔으로 달래며 지나가는 어린 고시생들 뒷모습을 품평하고는 했다. 삼색 슬리퍼 끄는 소리가 질질 났다.

푸른빛이라고는 전혀 없던 그 사람들의 얼굴에 빛과 생기가 다시 흘렀다. 다들 20대 후반 내지는 30대 초반, 소위 결혼 적령기였다. 사법연수원에 온 사람들은 못해도 직업이 변호사다. 결혼 상대를 찾기 최적의 장소였던 것이다.

다들 분주했다. 공부하라(임용권에 들기 위한 공부량은 무시무시했다. 주요 5과목의 시험 시간은 과목당 8시간이었다. 한 과목 시험이 10시에 시작해서 6시에 끝나는 것이다. 별도의 식사 시간 없이), 결혼상대 찾으라.

배우 앤 해서웨이를 닮은 느낌의 동기가 있었다. 작은 얼굴에 큰 눈코입이 인상적이었다. 환하게 웃을 때 보이는 치아가 참 잘 정돈돼 있었다.

그 친구는 화려한 얼굴에 걸맞게 세련되게 옷을 입을 줄 알았다(참고로 연수원에서는 다들 정장을 입고 출퇴근을 해야 했다). 단언컨대 연수원에서 이런 친구는 매우 드물었다. 불과 몇 달 전까지 삼선 슬리퍼에 늘어진 티셔츠를 입고 다녔던 사람들이다. 그런데 첫 날부터 정장에 미니스카프를 목에 두르고 나오는 패션 센스라니! 그것은 연수원에서 매우 혁신적이었다.

하지만 앤은 생각보다 남자들로부터 인기가 많지 않았다. 그녀 자신도 그것을 매우 의아해했다. 아니, 자존심을 무척 상하게 했나 보다. 그래서 날 붙잡고 남자들 사이에서 회자되는 다른 여 동기들의 흉을 보곤 했다.

"쟤가 뭐가 예뻐? 좀 촌스럽지 않아?"

그럴 때마다 난 보통의 여자답게 위로해주었다.

"연수원 남자들은 원래 촌스런 여자를 좋아하나 봐. 본인들도 세련돼 보인 적이 없으니까."

그러던 중 2년 차가 되어 그 친구가 드디어 사내 연애를 시작했다. 상대는 공무원 임용이 유력해 보이는 순박해 보이는 남자였다. 그 큰 눈이 더 커졌고, 그 큰 입이 더 커졌다. 난 그녀가 해주는 연애 이야기가 즐거웠다. 종알종알 어떻게 만났는지, 지난주에는 무얼 했는지 그런 이야기를 그녀는 종달새처럼 하였고 난 듣기 좋았다.

그런데 언젠가부터 신경이 조금씩 거슬리는 말들이 섞이는 것을 눈치 챘다. 그녀는 날 이유 없이 비웃거나, 내 말투를 흉내 내며

놀리곤 했다. 그러다가 그녀는 결국 자신의 진짜 속내를 드러내고
야 말았다.

그 근래 다른 친하지 않은 연수원 동기들이 식사를 하자거나 다
른 이유로 연락이 자주 오기에, "요즘 ○○나 □□가 갑자기 식사하자
는 경우가 있다"라고 이야기했을 뿐이었다. 그러자 그녀가 말했다.

"그 이유를 말해줄까? 그건 내가 남자 친구가 생기고, 네가 혼
자가 되니까 네가 안돼 보여서야. 원래 혼자 있으면 좀 다가가기 쉬
워 보이잖아."

연애가 그녀의 자존심을 회복시켜준 것까지는 알고 있었다. 그
러나 연애가 다른 사람을 무시할 권리까지 주는 줄은 몰랐다. 그
친구가 만난 남자는 내 관심을 끄는 구석이 단 하나도 없었다. 그
런데도 그 친구는 왜 그 남자를 만난다는 이유만으로 내게 우월
감을 느꼈을까. 그리고 우월감을 느꼈을지언정 그걸 그렇게 표현
하고 싶어 안달이었을까.

나중에 다른 동기로부터 이야기를 들었을 때 이유를 알게 되었
다. '왜 같은 이야기를 해도 윤선이가 하는 말은 사람들이 더 주
목하고 동의해주는지 모르겠다. 그런데 내가 연애를 하니 이긴 기
분이 들어서 기분이 좋았다'라고.

다시 산으로 돌아가, 용평 어느 나지막한 산 언저리에서 그 아주머니가 했던 그 말은 이 친구가 했던 말을 떠올리게 했다.

대한민국 사회가 별의별 것을 다 줄 세우고 서열화하는 것으로 유명한데, 그 서열화 중에는 '관계'라는 카테고리도 있다. 그리하여 그 카테고리 밖에 있는 사람은 하자가 된다.

그리고 그 안에서는 또 자신의 연인 또는 배우자의 조건을 가지고 줄 세우겠지.

관계가 벼슬이다.

변형 바이러스 같은 사랑들

이 글을 쓰는 현재 코로나19 뉴스가 가장 뜨겁다. 원인 불명의 변형 바이러스가 사람에게 발열을 일으킨다는 것인데, 전염성도 전염성이지만, 바이러스가 각기 다른 사람의 면역 체계에 맞추기 때문에 기존의 항바이러스제가 말을 듣지 않는다고 한다.

인구 천만 명이 사는 중국 우한시를 넘어 후베이성 전체가 폐쇄되었다니 보통 심각한 정도가 아닌가 보다. 카페 옆 테이블에 있는 커플도 스마트폰으로 내내 이 코로나19 뉴스를 검색하면서 정보를 나누고 있다.

사랑도 바이러스와 같다는 생각이 들었다.

가장 비슷한 점은 그 사랑이라는 바이러스가 앉은 사람마다 그 형태가 변형된다는 것이다. 누구에게 그 사랑은 퍼주는 것이기도 하고, 누구에게 사랑은 받기만 하는 것이기도 하고, 누구에게 사랑은 장사이기도 하다.

14 사랑이 사업인 자들 1

웨딩홀을 빌려 노총각·노처녀들을 수십 명씩 단체 미팅 시켜주는 이벤트가 있었다. 부끄럽지만 한창 결혼이 급했을 때, 그러니까 35살 이전이었을 때 친구랑 함께 참여했다. 원형 테이블에 여자들이 5~6명 앉아 있으면 비슷한 수의 남성들이 로테이션하면서 옆자리에 앉아 15분간 대화를 나누어야 했다. 최대한 여유로운 미소를 띠고 다들 취조하듯 다급하게 물었다. 이름, 사는 곳. 직업 등등.

사실 거의 옆에 앉은 사람과 대화할 수밖에 없었다. 미용실에서 곱게 화장까지 받고서.

그때 내 옆에 앉은 사람이 D였다.

둥글둥글하면서도 눈매가 살아 있는 게 야구 선수 서재응을 닮은 얼굴이었다. 물론 그보다는 당연히 못생겼고 키도 작았다. 하지만 180이 넘는 키였고, 근육질은 아닐지라도 각종 운동을 많이 한 듯 풍채가 좋아 보였다. 생각해보니 난 늘 이런 체격을 좋아했다.

그는 자신의 영어 이름이 담긴 명함을 주었다. D로 시작하는 이름이었다. '지금은 쓰지 않는 명함인데'라는 말을 덧붙이면서.

이제는 안다, 이런 명함을 주는 사람을 믿어서는 안 된다는 것을. 그때는 몰랐다.

그는 한국과 샌프란시스코를 오가면서 사업을 한다고 했다. 무슨 사업이냐고 묻자, 이것저것 돈 되는 것들을 판다고 했다.

이제는 또한 안다, 이렇게 모호하게 말하는 사람을 믿어서는 안 된다는 것을.

하지만 난 그때 그저 3년 차 변호사였을 뿐이다. 내가 세상을 많이 안다고 심각하게 착각하던! 아, 부끄럽다. 왜 어릴수록 자신들이 많이 안다고 생각하는 건지.

사랑도 아는 줄 알았다. 하지만 그 또한 그냥 오만이었다. 20대

때는 그냥 젊은 여성이어서 사랑을 받았던 것이고, 마침 오래 사귄 남자 친구가 거의 부처님 수준으로 인성이 좋았기에 그렇게도 나를 따뜻하게 감싸주었던 것뿐인데 말이다.

세상도, 사랑도 몰랐던 나는 사람들이 다 나 같은 줄 알았다. 성격이 더 예민하고 까칠한 정도의 차이는 있을 수 있지만, 그래도 남을 대놓고 속이지는 않을 줄 알았다. 내 속에 검댕이가 있더라도 슬쩍 천으로 가릴 정도이지, 그것을 일부러 총천연색으로 칠하지는 않는 줄 알았다.

다시 야구 선수를 닮은 D 얘기로 돌아오자면, 그는 말이 많지는 않았지만, 말 한마디에 힘이 있었다. 억지로 잘 보이려고 애써 매너 있게 굴지 않는 모습에 강한 자존심이 느껴졌다. 보라색 와이셔츠도 눈에 띄었다. 그때는 몰랐는데, 지금 생각해보니 아마도 에르메스였을 것이다. 그러고 보니 내가 무엇을 입었는지는 전혀 기억나지 않는다. 계절도 기억나지 않는다. 그의 옷차림과 그의 오른쪽 볼 보조개는 기억이 나면서.

수십 명이 오갔지만, 그만이 기억에 남았다. 하지만 그의 명함 속 번호를 따로 저장하지는 않았다. 집착하고 싶지 않았다.

계절이 어렴풋이 기억이 나려 한다. 봄 아니면 가을이었을 것이다. 내가 날씨에 취해, 서초동 서울 중앙 지방 법원에서 강남역에 있는 사무실까지 걸어가다가 톡을 받았으니까. 저장되지 않은 번호로부터 톡이 왔다.

보낸 이의 이름은 그 D로 시작하는 영어 이름. 단체 미팅에서 보고 이튿날 오후였다. 가장 기다리던 이의 톡이 가장 늦게 왔다.

주먹을 불끈 쥐었다. 전화기를 만지작거렸다. 지금 바로 답을 해, 말아. 그러나 심장의 펌프질을 손가락이 이기지 못했다. 그 상태로 2시간을 톡을 나누었다.

바로 다음 날 D와 첫 데이트를 하였다. 갤러리아 백화점 사거리에 서 있자, 짙은 녹색 재규어 XJ가 와서 섰다. 내가 가장 좋아하는 차가 재규어였다.

이때는 내가 입었던 옷을 기억한다. 옆 다트가 있는 H 라인 화이트 스커트에 화이트 뮬 구두를 신었고, 버버리 코트도 입었다. 그가 열어준 조수석 문틈으로 조신한 양 다리를 오므리던 하반신 모습이 기억이 나기 때문이다. 상의는 기억나지 않는다.

압구정동에 있는 굴 요리 전문점에 가서 석화와 샴페인을 먹었다. 그가 살짝 데친 석화에 레몬을 뿌려 내 접시에 놔주었다. 같이 먹을 소스도 조금씩 얹어서. 그는 그곳에 여러 번 온 듯 모든 게 능숙해 보였다.

많은 대화를 하였다. 그가 언제부터 미국에서 살기 시작했는지, 그가 언제부터 사업을 했는지에 대한 얘기, 그가 스키와 골프를 좋아한다는 이야기⋯⋯. 거의 11시까지 대화를 나누었다. 다음 날 출근해야 하는데도.

그는 당연한 듯 집에 데려다주었고, 내릴 때에도 조수석 문을 열어주는 매너를 보여주었다. 그 소년 같은 미소를 띤 채. 그리고 집에 도착했다는 연락을 주었고, 바로 다음 날에도 내 안부를 물었다.

게임이 끝났다고 생각했다. 그는 나의 매력에 푹 빠졌고, 우리는 이제 사귈 일만 남은 것이라고.

세상을 모르고 사랑을 몰랐다. 30대의 연애는 그때부터 게임 시작인 것을.

결론만 말하자면, 그 석화 데이트가 둘만의 유일한 데이트였다. 그리고 난 다시는 그와 단 둘이서 데이트한 적이 없다.

간단하다. 굴을 먹은 날은 바로 내가 그의 어장에 빠진 날이었다.

그는 늘 연락했으나, 둘이 보자는 말은 없었다. 어쩌다 한 번 보더라도 그의 동생이라고 부르는 사람들과 함께였다. 그는 매일 하던 연락을 이틀에 한 번, 사흘에 한 번 정도로 벌리기 시작했다. 그가 미국에 돌아간 사실도 미국에 도착한 이후에야 알게 되었다. 그는 자신의 일정을 내게 알릴 필요가 전혀 없었던 것이다.

그래놓고서는 나도 연락이 없으면, 왜 그간 연락 한 번 없었느냐는 채근이 오곤 했다. 가끔은 '넌 미국에서 못 살지? 일 안 하고 살수 있어?'라는 질문으로 어장에 먹이를 주기도 했다.

그렇게 그와는 몇 주에 한 번 주고받았고, 얼굴은 석 달에 한 번 정도 보는 게 다였다. 그래, 나도 그와의 사귐에 실패했다는 것은 알고 있었다. 그런데도 그 곁에 머물기를 바랐다. 언젠가는 나를 봐줄지도 모른다는 희망을 갖고서.

손 한 번 잡은 적도 없는 남자에게 왜 그리 미련을 가졌을까. 그는 장난끼 있는 눈빛과 소년의 미소를 가지고 있었다. 내가 좋아한 사람들은 늘 그랬다. 그런데도 왜 그는 좋은 사람이 아니었을까? 아니, 거꾸로 물어보자. 나는 왜 그를 좋은 사람이라고 생각했던 것일까? 그와 15분 대화, 2시간의 톡 그리고 서너 시간의 대화를 나눈 것만으로.

나 혼자서 성급한 꿈을 꾸었던 것 같다. 나도 35살 전에 짝을 만날 수 있을 것이라고, 진했던 이별의 상처를 치유할 수 있을 것이라고, 샌프란시스코 댁이라고 불릴 수 있을 것이라고, 변호사 일을 안 해도 될 것이라고.

그 꿈은 1년 넘게 계속되었다. 그렇게 정작 데이트도 제대로 못한 남자에게 1년을 질질질 끌려 다녔다. 그 사람의 연락을 기다리면서, 어쩌다 한 번 연락이 되면 기뻐 밤잠을 설치면서, 그가 연락을 안 하는 이유에 대하여 나 혼자 백만 가지 이유와 핑계를 만들어주면서.

솔직히 말하면 그사이 소개팅이나 선을 안 본 것은 아니었다. 그러나 그 누구도 그만큼 매력 있지 않았다.

다음 해 산산이 깨졌다, 그 꿈이 그리고 어항의 유리가. 내가 깬게 아니었다. 그가 알려주었다, 현실을. 프로필 사진으로.

웨딩 사진이었다.

몇 번을 확대해서 봐도, 검정 턱시도를 입은 남자는 그 사람이었다. 내가 좋아하는 그 보조개가 팬 채 환하게 웃고 있었다.

그는 연락이 단절될 때마다 내 핑계를 대었다. 네가 바빠 보여 그랬다, 네 그 말에 기분이 나빠져 상황을 피했다, 네가 내가 아는 남자랑 연락한다는 것을 알고 그랬다 등등. 하하(진짜 나쁜 놈아, 최소한 내 탓은 하지 말았어야지!).

알아서 내가 내 탓을 하기도 했다. 감정을 성급히 드러냈나 봐, 조급해하는 걸 눈치 챘나 봐, 내가 그에게 믿음을 주지 못했어, 아니면 내가 나이가 많아 그런가? 노처녀라 그런가 봐.

뒤돌아 생각해보니, 복선이 있었다. 그는 카사미아에서 가구를 사서 미국으로 보낸다고 했고, 서울 집도 이사를 갈 예정이라고 했다. 곧 스페인으로 여행을 떠난다고도 했다. 그게 다 신혼집에 신혼여행이었던 것을 난 아무런 의심조차 하지 못했던 것이다.

그렇게 나의 샌프란시스코 댁을 향한 구운몽은 산산조각이 났고, 내 감정 허비도 끝이 났다.

그러나 이 드라마는 이렇게 끝나지 않았다.

약 3년 후 그가 사무실을 찾아왔다.

사랑이 사업인 자들 2

비서가 그의 이름을 대었을 때, 바보같이 다시금 두근거렸다. 그가 날 찾아온 것이다, 나를. 무려 3년 만이었다. 잊은 줄 알았던 이름이 내 비서의 입에서 나올 때, 나는 "누구?"라고 되물었다.

회의실로 모시라고 하고, 화장을 손보고 양치를 하고 갔다. 퍼프를 두드릴수록 각질이 더 떠 보였다. 왜 이리 추레한 남색 블라우스를 입었을까. 얼굴이 더 어두워 보였다.

회의실 문을 천천히 열었다. 어찌할 바 모르는 표정을 늦게 보여주고 싶어서였다. 그가 문을 등지고 앉아 있었다. 얼굴에 열꽃 같은 것이 잔뜩 난 채. 둘이 마주 보고 어정쩡하게 웃었다. 그런데 내기억 속의 웃음과 많이 달랐다. 그는 소년같이 웃는 사람이었던 것 같은데, 그래서 내가 좋아했던 것 같은데, 그의 눈빛은 사람을 빤히 관찰하는 듯했고, 그의 미소는 즐거워 보이지 않았다.

그가 변한 것일까? 비로소 내가 사람을 제대로 보게 된 것일까?

그는 자신이 아프다는 말부터 시작했다. 스트레스 때문에 열꽃도 올라왔다면서.

아프다는 말을 하려고 온 것은 아닐 테고. 내 눈에서 물음표를 본 듯 그가 지갑에서 사진을 꺼냈다. 어린 남자아이였다. 아들이라고 했다.

'대체 왜 내게 이런 사진을 보여주는 거지?'

물음표가 더 커졌다.

그가 이 모든 의문에 답을 주었다.

자신의 결혼은 끝이 났다고. 혼인 1년도 안 되어.

아, 그때 나는 어떤 표정을 지었을까? 안타깝다는 표정? 고소하다는 표정? 아마 그냥 입을 앙다물었을 것이다.

다음은 그가 말한 그의 결혼과 이혼 과정이다.

그는 내가 다른 사람들과도 소개팅을 한다는 사실을 알게 된 후(또 내 탓이다) 나를 마음에서 지웠고(리스트에서 지운 것이겠지), 그 후 아버지 친구인 한 중견 기업 오너와 골프를 치다가 자연스레 그 딸을 소개받았다고 했다. 그 딸을 데면데면 가끔씩 만났는데, 3개월 정도 지났을 무렵 그 여성의 아버지가 일방적으로 자신이 운영하는 웨딩홀에 결혼 날짜를 잡아버렸다는 것이다. 그렇게 얼레벌레 혼인을 하게 되었고, 신혼여행 때 딱 한 번 관계를 한 게 허니문 베이비가 되었다고 했다. 그리고 같이 미국에서 거주하게 되었는데, 처는 사치가 심하고 지저분하고 고마움을 모르는 여자라고 했다. 그래서 불화가 생겼다고. 그런데 자신이 맘대로 사치하게 두는 남자가 아닌 것을 알게 되자, 처는 갑자기 아들을 데리고 잠시 서울 친정에 가겠다고 한 후 현재까지 안 오고 있다고 했다. 그렇게 별거를 시작했다고. 그 사이 D가 한국을 오가며 합가를 설득했으나, 급기야 처가 서울에서 이혼 소송을 제기했다고 하였다. 도대체 왜 자신에게 이런 가혹한 일이 생겼는지 모르겠다면서, 자살 충동을 느낄 정도라고 했다.

멍했다. 도대체 그는 왜 다시 내게 나타난 것일까? 알고 보니 이미 변호사까지 선임한 상태였다. 귀가하는 길 머릿속은 온통 그의 생각뿐이었다. 혹시 이제야 내게 오려는 것일까.

그렇게 그가 다시 내 머릿속으로 들어왔다. 머리를 지나 가슴속도 노크했다. 그가 동정심이라는 열쇠로 내 마음의 문을 덜컹덜컹열고 있었고, 나는 가까스로 그 문을 붙잡고 있었다.

전후 사정을 다 알고 있는 리즈가 말했다. 고민할 가치도 없는 남자라고. 너에게 어떻게 했는지 잊었냐고.

"그냥…… 냉정하게 보면 그냥 내가 더 좋아했을 뿐인데, 날 안좋아한 게 그 사람 잘못은 아니잖아? 우리가 사실 사귄 것도 아니고, 손 한 번 잡은 적 없는데."

나쁜 사람은 아니라고 그때까지는 믿고 싶었다.

그때까지는, 진실을 알게 되기까지는, 그가 한 거의 모든 말이거짓이라는 것을 알게 되기 전까지는 시간이 오래 걸리지 않았다. 하늘이 내가 무척이나 답답했는지 우연을 가장해 선물을 주셨다. 진실이라는.

연수원 동기들끼리의 모임이었는데, 여전히 노처녀인 내게 사람들이 위로와 우려를 번갈아 가면서 하던 중이었다. 그중 한 명이 말했다.

"이상한 사람 만날 바에는 안 만나는 게 낫지. 특히 외국에 살면서 사업한다는 사람 조심해라."

왜 그 말이 갑자기 그리 귀에 꽂혔을까.

"왜요?"

무슨 일인지를 캐물었다.

"최근 맡은 사건인데, 우리 대표 클라이언트 딸이거든. 오너 딸이니까 귀하게 자랐고 본인도 대기업 다니면서 잘 지냈는데 좀 나이가 찼지. 그러니까 마음이 급했던 거야. 그래서 선 봐서 미국 샌프란시스코에서 제법 성공한 사업가네 뭐네 하면서 한국이랑 미국 왔다 갔다 하는 남자 잘 알아보지도 않고 결혼했거든. 야, 근데 죄다 속은 거야. 그 정도가 아니라 본인이 결혼 전 모은 돈, 아버지가 결혼 때 챙겨준 돈도 다 뺏기고 겨우 한국 도망치듯 나와서 소제기했잖아. 근데 뭐 받아낼 수 있는 게 있을지 모르겠다. 본인도 욕심 없대. 받을 것도 없을 거라고. 그냥 양육권만 얻으면 된대."

미국, 샌프란시스코, 사업, 선…….

팔에 털이 곤두섰다. 바로 알 수 있었다. 두말할 것 없이 그의 얘기였다, 야구 선수를 닮은 D!

그리고 알게 되었다. 그가 한 말의 99퍼센트가 거짓이었다는 것. 그가 한 말 중 진실은 자신의 감정에 관한 것뿐이었다. 예컨대, 힘들다, 죽고 싶다, 아마 그 정도만이 사실이었을 것이다.

자신의 집을 3층으로 된 고급 빌라라고 하였으나, 그의 집은 원룸으로 이루어진 다가구 주택이었다. 부모님이 그 3층에 사는 건물주였다. 대치동 한복판에 있던 10층짜리 건물이 자신의 건물이라고 하면서 그 꼭대기 층이 자신의 사무실이라고 했으나, 알고 보니 정작 그 10층짜리 건물의 소유자는 너무도 유명한 기업가였다. 그는 그냥 꼭대기 층 세입자였다. 도대체 어떤 정신을 가지면 이런 거짓말을 서슴지 않고 하는 것일까.

장인어른이 아버지와 잘 아는 사이라 처를 소개받았다고 했지만, 처와는 결혼 중개 업체가 주선한 선을 통해 알게 된 사이였다. 나를 알고 난 후에 알게 되었다고 했지만, 단체 미팅을 통해 나를 알기 3년 전부터 만났다 헤어졌다를 반복하던 사이였다. 더 부잣집 딸 없나 두리번거리다가 돌아갔다를 반복했겠지. 허니문 베이비는 무슨. 혼전 임신으로 결혼한 것이었다.

그 외의 혼인 생활에서의 문제점도 내가 들은 사실과 너무도 달랐다. 하지만 그것은 감정의 문제인지라 서로의 주장 어느 중간쯤에 진실이 있을 테니 더 얘기하지는 않겠다.

3년 전 가을에서 겨울을 맞이할 즈음, 한때는 이 사람의 마음을 얻고파 기도하고 잔 적도 있었다. 이 사람 때문에 그해 겨울이 얼마나 스산했는지. 이미 결혼한 사람의 프로필 사진을 몇 번을 들여다봤는지.

그런데 이런 사람이었다. 이렇게 무서운 사람이었다. 자신이 도대체 무슨 잘못을 했냐면서 눈물까지 글썽일 때, 나는 "소송은 교통사고 같은 것이다"라고 위로해주었다. 아, 내 아까운 위로!

이 사람에게는 관계도 사업이었다.

그가 내게 지난 시절 연락을 한 까닭은 날 좋아해서가 아니었다. 나를 관찰하기 위해서였다. 그는 자신의 속물적 욕심을 절묘하게 숨기고 나를 스캔했던 건데, 난 그걸 썸인 줄 알았다. 하긴 중견 기업 오너도 속는데, 내가 속지 않을 리가. 그리고 날 선택하지 않았다. 내 아버지가 부자가 아니라는 이유로. 그리고 나이 찬 부잣집 딸을 골랐다. 그리고 그사이 난 세상 멍청하게도 그의 연락을 애타게 기다리고 있었던 것이다.

그렇게 해서 부잣집 여자가 자신의 아내가 되자마자 바로 그 본성을 드러냈다. 여자의 차는 멋대로 팔아버리고, 여자가 가지고 온 돈은 다 써버렸다. 그리고 사랑 없는 남자가 여자에게 하는 행동을 보여주기 시작했다. 트집 잡기, 짜증내기, 무심하기…….

세상에나, 우리 아버지가 부자였다면 내가 그 꼴이 날 뻔했던 것이다! 하지만 부잣집 딸이 그것을 견디고 있을 이유가 없으니 그녀는 결국 그를 떠났다. 이게 전말이었다. 지난 4년의 전말.

그래, 부잣집 딸을 찾고, 자신의 사업에 이용하고 싶어 하고, 그 마음까지는 이해 가능하다 치자. 각자 추구하는 삶의 지향점이 다르니까. 하지만 지금도 이해할 수 없는 것은 그 쓸데없는 거짓말들이다. 자신의 부와 재력에 대한 쓸데없는 거짓말들. 내가 물은 것도 아닌데 말이다.

그렇다고 해서 그가 찢어지게 가난한 집에서 자란 것도 아니었다. 조기 유학을 보낼 수 있고, 강남구 한복판에 작아도 3층짜리 원룸 건물 가지고 있을 정도로는 여유 있는 집이었다.

　도대체 어떤 결핍이 그를 이렇게 만든 것일까?

　아니다, 리즈 말이 맞다. 고민할 가치가 없는 사람이다.

　그런데 안타까운 건 그와 만날 사람들이다. 그는 여전히 새로운 사람에게 자신의 모든 것을 부풀려서, 없는 것은 일부러 만들어내면서까지 매력을 뽐내고 있을 것이다. 자신의 전처는 세상없는 악녀로 만들고.

　그렇게 비즈니스를 지속하고 있을 것이다. 나이 차서 결혼이 급한 사람들을 상대로. 급한 맘에 상대를 믿고파 하는 사람들을 대상으로.

　누군가에게는 관계가 이렇게 쓰이기도 한다. 자신의 사업을 위해서.

©Ivary

왜 그런 사람을 만났냐고,

그런 사람인 줄 왜 미처 몰라봤냐고

자책하기도 하고, 타박을 당하기도 한다.

하지만 그건 잘못이 아니다.

다만 누군가를 진심으로 좋아했을 뿐.

16 사랑이 양육인 자

경력직으로 입사한 H를 보자마자, 여신이다 싶었다. 긴 곱슬머리가 허리까지 내려왔다. 예전 한예슬처럼 하늘거렸다. 눈매는 고양이 상이었다. 입는 옷 하나하나가 어찌나 세련되었는지.

L(배우 이성재처럼 키가 훤칠하다)은 감히 욕심낼 수 없을 것이라고 생각했다. 자신보다 나이는 15살이나 어렸다. 자신은 게다가 이혼남이었다.

그렇다고 해서 L에게 무기가 없는 것은 아니었다. 그는 그녀의 사수였다. 그는 디자인 회사에서 의뢰인과의 외부 회의가 있을 때마다 H를 데리고 나갔다. 그곳에서 그는 자신의 매력을 뽐낼 기회를 놓치지 않았다.

그는 상반된 매력 두 가지를 동시에 가지고 있었다. 중년 나이의 남자로서 매우 드문 희귀템이다. 외형은 남성적이지만, 대화는 다정했다. 그러다 보니 여성 의뢰인들이 그만 나타나면 눈빛을 빛냈다. 그리고 개인적인 일을 상의하곤 했다. 그러면 L은 그 여성과 눈을 지그시 맞추면서 여성보다 뛰어난 공감 능력을 나타내곤 했다. 어떤 이야기이든 자신의 이야기로 치환해서 이해할 줄 알았다.

생각해보시라. 185에 가까운 키에 넓은 어깨, 긴 다리를 가진 남자가 내게 허리를 숙이고 미소를 지으면서 내 얘기를 경청한다. 슬픈 얘기에 함께 고개를 한쪽으로 떨구며 아파한다. 그리고 짜잔, 적절한 해결책을 제시한다면? 어떤 여성이 이 상황을 피할까?

이런 과정을 늘 H가 지켜보았다. 여성 의뢰인들은 티 나게 H의 존재를 경계했다. "어머, 이런 미인과 다니시다니. 회사에 소문나는 것 아니에요?"라는 사람들은 그나마 L에게 관심이 덜한 사람들이고, 관심이 더 많은 사람들은 대놓고 H를 투명인간 취급했다. 기껏 인사를 해도 "아 예"라는 답변을 하고서는 눈도 마주치지 않왔다. 그리곤 뒷모습을 뚫어지게 보곤 했다.

L은 H가 어떤 실수를 하든지 간에 골든리트리버 같은 눈빛으로 바라보면서 능숙하게 커버해주었다. 화라고는 낼 줄 모르는 사람 같았다. 도대체 그의 전처는 왜 이렇게 좋은 사람을 떠났을까. H는 그렇게 L에 대한 경외감을 가지기 시작했다. 무슨 고민이 생기면 가장 먼저 의존하기 시작하는 사람이 되었다.

그녀는 L에게 개인적인 고민을 털어놓기 시작했다. 가족사, 친구와의 고민, 직장 동료와의 갈등. 이모티콘에 웃음(^^) 표시 대신 울음(ㅠ) 표시가 많아지기 시작했다(여성들의 글은 왜 늘 ㅠㅠㅠㅠㅠ투성일까). 회식 자리에서 둘이 눈을 마주치고 웃는 날들이 많아졌다. 가능성이 보였지만, 그것만으로는 조심스러웠다. 일을 마치고 둘이서 법인 카드로 식사한 경우야 잦았지만, 쉬는 날 둘의 비용으로 만난 적은 없었기 때문이다.

"〈콜 미 바이 유어 네임Call Me By Your Name〉 보셨어요?"

"루카 구아다니노Luca Guadagnino요? 아니요. 안 봤어요."

"이번 주말에 저랑 보실래요?"

이쯤 되면 이것은 분명 신호다. 그 영화가 게이 로맨스라는 것은 중요치 않았다. L은 결코 게이 포비아는 아니다. 그렇다고 해서 게이들의 키스신을 아무렇지도 않게 볼 사람이 많지는 않다. 아니, 오히려 테스트로 받아들였다. 자신이 얼마나 이해심이 많은 남자인지에 대한.

당연히 저녁 시간대로 예매했다. 마치고 근처 호텔로 바로 이동해서 저녁 겸 와인을 할 계획이었다.

영화는 거북했지만 아름다웠다. 인정할 수밖에 없었다. 더 아름다운 것은 옆에서 눈물을 흘리는 H였다. 그녀는 빨간색 브이넥 민소매 맥시원피스에 긴 곱슬머리를 풀고 왔는데, 그녀와 함께 걸을 때면 사람들의 시선이 집중되는 것이 느껴졌다. 그녀는 L 곁에 바짝 붙어 영화를 보았고, L은 그녀의 머리카락이 자신의 팔과 어깨에 닿는 것이 계속 느껴졌다. 머리카락에서 나는 그 러쉬 샴푸 향.

영화에 집중할 수 없었다. 팔걸이를 올리고 그녀를 긴 팔로 와락 안고 싶은 욕망을 계속 죽여야만 했다. 조금만 참으면 이 여신과 키스 혹은 그 이상을 할 수 있을 것 같은 날이다. 브이넥 네크라인으로 가슴골이 살짝 살짝 보인다. 잘생긴 남자 둘이서 다리를 포개며 감정을 나누는 영화가 눈에 들어올 리 없었다. 그래도 와인 먹으며 그녀의 감상에 고개를 끄덕일 수 있을 정도로는 눈에 넣어야 해서, 욕망에 혼미해지는 정신을 부여잡고 영화를 보았다.

그리고 그는 보람을 느꼈다. H는 호텔 바에 도착해서까지 감동을 접지 못했다. L은 제임스 아이보리(수많은 명작을 남긴 제임스 아이보리 감독은 위 영화에 제작자로 참여했다)의 전작을 통해 그가 얼마나 섬세한 감독일지를 말할 줄 알았다. 그녀는 촉촉해진 눈빛으로 그의 폭넓은 지식에 경외를 표했다. 그리고 각자의 첫사랑에 대한 추억을 소환했고, 둘은 서로 가장 로맨틱하게 느끼는 순간들에 대해 허심탄회하게 말했다. 서울이 반짝이는 야경을 바라보면서 그들은 사랑을 주제로, 로맨스를 소재로 이야기하였다. 그들은 그렇게 잔을 부딪쳤고, 입술을 부딪쳤고, 둘은 L이 혼자 살고 있는 아파트로 향했다.

그렇게 1일을 맞이했다.

다음 날 회사에 출근했을 때 L은 얼마나 입이 근질거렸겠는가. 저 아름다운 여신이, 같은 건물을 쓰는 다른 회사 직원들도 모두 침을 흘리는 저 여인이 바로 나의 여자 친구라고, 오늘 아침까지

내 팔 안에서 다 드러낸 어깨를 안기고 있었다고, 나이가 15살이나 많고 심지어 이혼남인 내게 반했다고! 그의 테스토스테론은 15살 때처럼 폭발 직전이었을 것이다. 옆에 앉아 일에 몰두하고 있는 척하고 있는 그녀를 그대로 책상 위에 눕혀버리고 싶었다.

그리고 각오했다. 자신은 그녀를 위해서라면 모든 것을 다 참고 맞춰줄 수 있을 것이라고. 그렇게 그 각오는 딱 1년을 갔다.

1년 후 그의 왼팔은 팔뚝부터 손등까지 멍과 흉으로 가득 찼다. 손톱으로 긁힌 흉, 날카로운 물건으로 긁힌 상처, 화상, 멍, 던져서 맞은 흉…….

한예슬처럼 여려 보이던 H의 연락이 그에게 공포가 되었다. 또 무엇 때문에 화를 낼지 몰라 전전긍긍하게 되었다. 그녀는 매일 울거나 소리를 질렀다.

그가 늦었다고, 그가 주말 오전에 연락이 되지 않았다고, 그가 자신이 싫어하는 음식을 시켰다고, 그가 자신이 싫어하는 단어를 썼다고. 그때의 호칭은 주로 "야!"였고, 가끔은 "이 개자식아!"라는 소리까지 나왔다.

그러다가 느닷없이 기분이 좋아져서 그를 세상 더 없이 사랑스러운 눈빛으로 바라보았다. 그리고 달콤한 말을 쏟아냈다.

"알지? 난 오빠 없이는 못 살아."

"오빠 떠나면 난 죽어버릴 거야."

그는 그녀 먼저 퇴근할 수 없었다. 다른 곳에서 외근을 마치더라도, 갑님을 모시러 가야만 했다. 별 수 없이 저녁 약속이 늦게 끝나 그녀 혼자 먼저 퇴근한 날에는 톡이 불이 났다.

그녀는 집의 전등 하나 갈 때에도 L을 불렀다. 자신이 갈아본 적 없다고 했다. 오피스텔에 바퀴벌레가 나타났을 때에는 아예 며칠 L의 집으로 거처를 옮겼다. 바퀴벌레가 있던 집에 살 수 없다고 했다.

H는 작은 언쟁이라도 생기면 L이 무릎을 꿇는 정도로는 화가 풀리지 않았다. 엎드리고 기는 시늉을 해야 풀렸다. 자신이 주는 상처는 당연했고, L이 주는 작은 스크래치는 감히 있을 수 없는 일이었다.

이때만 해도 상당히 피곤한 스타일이지만, 그래도 귀여웠다. 오, 나의 여신님을 만나려면 감수해야 한다고 생각했다.

하지만 감당하기 힘들 정도로 점점 심해졌다.

L과 심하게 다툰 날, 아니 L이 자신의 투정을 받아주지 않은 날

에는 손목을 긋고 전화를 했다. 자신이 손목을 그었으니 와서 병원에 데리고 가라고.

이때 처음으로 인정했다, 자기 마음속의 목소리를.

'나 잘못 걸린 것 같은데?'

그리고 저렇게 손목을 긋는 일이 두 번 더 있은 후에야 비로소 확실히 알게 되었다. 그녀는 수시로 우울증을 앓는다는 것을. 그리고 더 확실히 알게 된 것은 저렇게 아름답고 어린 여인이 자신을 택한 이유였다.

그녀는 자신도 스스로 감당할 수 없는 자신의 용암 같은 감정을 다 받아줄 누군가가 필요했다. 성격 순하고, 이혼남에 15살 연상이라는 (연애상) 원죄가 있는 남자라면 이제는 부모도 견디지 못하는 그 감정을 다 받아줄 감정받이가 될 것이라고 믿었던 것이다.

사랑한다고 했으니 다 받아줘! 날 키우란 말이야!

L도 몇 번은 도망가려 했다. 하지만 그 자신의 욕심 때문에 실패했다. 비운의 남자 주인공이고파 하는 자신의 욕심. 예컨대 그녀의 '거짓 자살 소동' 같은…….

L은 새벽 3시쯤 그녀가 병원에 실려 가서 의식불명이라는 톡을 받았다. 그녀로부터 받았으나, 그녀로부터 온 것이 아니었다. 아이디는 H였으나, H가 의식불명이라 친구인 자신이 대신 보내는 것이라고 했다. 그러나 알고 보니 그녀는 진짜 그녀였다. H가 친구인 척하고 보낸 것이었다. 심지어 친구인 척한 H는 자신의 아이디로 자신의 숨이 거의 멈추려 한다고까지 했다. 그렇게 자신으로부터 도망가려는 남자를 잡으려 한 것이었다.

L은 미련하게도 또 잡혔다. H가 눈을 떠 "오빠, 나 다시 살아났어"라는 말에 넘어갔다. 다 알면서도 넘어갔다. 그녀의 아름다움이 주는 만족감을 포기하기 힘들었다. 이렇게 아름다운 여인이 날 이리 절박하게 사랑할 일이 또 있을까. 그는 랄프로렌 블랙의 롱코트를 사랑하듯 그녀를 포기할 수 없었다. 그 대가로 하루도 마음 편한 날이 없었다.

그러나 그 관계는 결국 3년 만에 끝이 났다. 그녀에게 다른 남자가 생겼기 때문이다.

이후 L의 얼굴은 놀라울 정도로 밝아졌다. 팔뚝의 흉터들도 희미해졌다. 나름 해피엔딩이다.

17 쾌락을 좇는 자들

저 위의 사라가 몇 년 전 겪었던 일이다.

사라는 강남의 식당에서 고등학교 때 친구인 K(외모만으로 봤을 때 큰 키에 다소 보이시한 이미지가 배우 김서영을 닮았다)를 우연히 만났다. 서로 꽤 친해서 각자의 집도 왕래한 사이였다. 대학에 가서도 서로 종종 봤지만, 다들 그러하듯 자연히 사이가 멀어졌다.

"어머, 야!"

식당 주인이 주의를 줄 정도로 서로 큰소리를 질러댔다. 각자의 일행 때문에 하고픈 말을 다 못하고, 바뀐 연락처를 교환했다.

둘은 당장 그 주말에 보았다. 30대 초반의 미혼 여성 둘이 만났다. 직장 얘기, 그 후엔? 당연히 남자 얘기 아니겠는가. 밤늦게까지 네버 엔딩 스토리가 이어졌고, 둘은 또 '조만간' 보기로 했다.

그런데 그다음부터 K가 사라에게 유독 자주 톡을 보냈다. 주로 '우리 언제 봐?'였다.

사실 사라는 당시 회계 법인에서 하루에 14시간을 일할 때였기 때문에 시간 내기가 쉽지 않았다. K는 한 단체의 연구원으로 있어서 상대적으로 시간 여유가 많았다.

사라는 K가 보자고 하는 것을 더 이상 거절하기 미안할 무렵, 주말 저녁 짬을 내서 보기로 하였다. 장소는 한 샤브샤브 식당이었다. K의 제안이었다.

미혼 여성 둘이서 보는데 샤브샤브 집은 좀 독특하다고 생각했다. 보통은 이탈리안 식당, 브런치 집, 아예 떡볶이집 등을 고르니까. 그런데 의문이 곧 해결됐다.

"나, 남자 한 명 데리고 가도 돼?"

아! 사귀는 남자를 보여주려 하는구나, 라고 생각했다. '근데 남자 친구를 보여줄 단계는 아닌 것 같은데?'라는 의구심도 들었지만, 사라가 기억하는 K는 정말 밝고 맑은 친구였다.

고등학교 시절 사라는 진심으로 K의 성격을 부러워했다. 좀 어둡고 시니컬한 자신과 달리 그녀는 사랑받고 큰 막내딸 느낌이 폴폴 났다. 자신의 부끄러운 얘기는 귀엽게 드러낼 줄 알고, 싫은 얘기는 최대한 부드럽게 표현할 줄 알았다. 다소 거북한 남의 공격도 환한 미소로 웃어 넘겼다. '내가 남자라면 이런 여자와 사랑에 빠지겠다'라는 생각을 한 적도 있었다. 그래서 전혀 의심하지 않았다. 오히려 남자 친구를 보여주고파 할 정도로 절친 반열에 오른 게 기쁘기까지 했다.

약속한 날 저녁 사라는 그 샤브샤브 집 입구에서 K에게 전화를 했다. K가 예약자 이름을 알려주지 않았기 때문이다. 그냥 와서 전화하라면서. 그 순간 사라는 '혹 사귀는 남자가 장동건이나 정우성 같은 스타인 건가? 어머, 나 오늘 그런 사람 보는 거야?' 하고 김칫국을 마셨다.

그런데 K가 안내해준 방의 문을 열자마자 사라는 얼굴이 굳었다. 장동건이나 정우성은 무슨. 웬 반백의 중년 남성이 앉아 있었기 때문이다. 누가 봐도 오십 넘었고 얼굴 피부는 중력의 영향을 받아 이미 눈가는 처지고 턱선이 무너져 있었다. 회사 대표님을 뵙는 느낌이었다.

반면 그 반백의 중년 남성은 사라를 보고 눈빛을 빛내더니, 빈 속의 사라에게 당장 원샷을 권하며 계속해서 술을 따랐다.

"나는 그쪽이 안 마시면 안 마셔요."

"내 짝지가 이제야 제대로 된 친구를 데리고 왔네. 예쁘다는 애 중에 진짜 예쁜 애는 없더라고요."

명백한 추근거림이었다. 대표님 뻘 주제에.

내 친구의 남자 친구만 아니면 이 아저씨가 어디에서 수작이냐고 소리치고 일어났을 것이다. 그런데 이상한 것은 K가 그런 상황을 불쾌해하기는커녕 오히려 웃으며 부추기고 있다는 점이었다.

"인기 많았어요, 사라. 근데 사라 동생은 더 예뻐요."

'도대체 쟤는 여기에서 내 동생 얘기를 왜 꺼낼까?'

황당했지만 그냥 으레 하는 칭찬이려니 생각하고 싶었다. 그렇게 계속해서 친구의 남자 친구는 친구의 여자 친구에게 수작을 걸어왔다.

사라가 어떻게든 화제의 중심을 K에게로 돌리려고 "너, 청바지 되게 예쁘다. 넌 예전부터 청바지가 참 잘 어울렸어"라고 말을 하면 그 대표님 뻘이 "벗어줘! 너 잘 벗잖아"라는 반응을 보였다.

불쾌함의 정점은 마사지를 해주겠다고 할 때 찾아왔다. 그 반백의 대표님 뻘이 사라를 보고는 어깨가 비뚤어진 것을 보니 골반이 틀어진 것이네 뭐네 하더니, 자신이 마사지를 잘한다고 2차로 자신의 사무실에 가서 와인을 마시면서 마사지를 받자는 것이었다.

사라는 그 길로 줄행랑을 쳤다. 없는 약속을 만들어 약속이 있다면서 도망 나왔다. 사라는 그 일을 두고두고 후회했다. 왜 내가 그토록 얌전히 도망쳐줬을까? 샤브샤브 국물을 한 사발 붓고 나왔어야 하는데!

그 샤브샤브 집 만남 이후로도 K는 포기하지 않고 사라에게 연락을 했다.

"우리 또 언제 봐? 내 남친이 너 넘 예쁘다고 누구 소개해주고 싶대. 여전한 인기녀."

이런 아부성 발언을 남발하면서.

하지만 사라는 K를 보지 않았다. 상황 파악은 안 됐지만, 기분 파악은 됐다. 그날 저녁은 사라에게 불쾌감만을 주었다. 따라서 다시는 보고 싶지 않았다. 그래서 계속 피했다. K도 결국 사라를 포기했고, 더는 연락하지 않았다. 그렇게 인연이 끝났다고 생각했다.

그로부터 약 6개월 후 K가 다시 연락했다. 그리고 사라는 비로소 그날의 상황까지 파악이 되었다.

K가 사라에게 전화한 때는 밤늦은 시각이었다. 그때는 사라도 마음이 좀 누그러진 상태라 '그래, 뭐 전화까지 씹을 것까지야' 하는 마음으로 전화를 받게 되었다.

K가 다급히 사라에게 변호사 좀 소개해달라고 했다. 사라의 형부와 작은아버지가 변호사인 것을 알고 있었던 터였다. 관련 죄명은 강간죄라고 했다. 사라는 당연히 여성인 K가 '피해자'인 줄 알고 기함을 했다. 그리고 자정이 다 된 시각에 형부와 작은아버지에게 전화를 돌려 상담을 부탁했다.

그리고 걱정되는 마음에 다음 날 작은아버지에게 전화를 걸어 사정을 물었다. 내 친구 K가 무슨 피해를 입은 거냐고.

작은아버지가 머뭇거리며 답변했다. 피해를 입은 게 아니라, 피해를 주었다고. K가 여성인데 강간죄에서 가해자라니 이게 무슨 말인가 했다.

들도 보도 못한 일이었다. 사라의 친구였던 K는 공범으로 입건되어 있었다. 그리고 나머지 공범은 그 반백의 50대 남성!

사연은 이러했다.

그 반백인 50대 남성의 직업은 무려 대학 교수였다. K가 연구원으로 일하면서 알게 되었다. 둘은 몰래 만나는 연인 관계였는데, 이 대학 교수라는 인간은 여성이 둘 있는 쓰리섬이 아니면 도무지 관계가 안 되는 사람이었다.

둘의 패턴은 늘 같았다. K가 친구, 동아리 동기, 동창들 가리지 않고 어떻게든 친한 척을 하여 친분을 유지한 후 자신의 그 20살 가까이 연상인 남자 친구에게 데리고 가면 그 남자 친구가 마사지를 핑계로 자기 사무실로 데려가 와인을 먹이고 관계를 맺는 것이었다. 피해자는 30살 가까이 나이 차이가 날 때도 있었다. K가 자신의 후배들을 데리고 가기도 했기 때문이다.

사라는 부들부들 떨렸다. 6개월 전의 그 이상한 분위기, 멘트하나하나가 다 떠올랐다. 어깨가 어쩌고, 골반이 어쩌고, 마사지, 와인…….

K는 그래서 그 자리를 마련한 것이었다! 그래서 그 남자가 사라를 보고 그리 반색하며 수작을 건 것이었다! 그래서 사라의 여동생 얘기까지 꺼낸 것이었고, K는 옆에서 빙글빙글 웃고 있었던 것이다!

자신에게 한 짓도 용납이 안 됐지만, 여동생 얘기를 꺼낸 점이
가장 치가 떨렸다. 이것들이 어찌 감히! 자신은 최선을 다해 친구
로서의 우애를 다지던 무렵 이 두 남녀는 자신을 그날 밤 욕정의
대상으로 구워삶을 생각만 하고 있었던 것이다. 사라는 그들이 샤
브샤브 고기를 자신에게 다 내주던 모습이 그제야 이해가 갔다.
자신을 구워삶고 있는데, 샤브샤브가 입에 넘어갈 리가! 펄펄 끓
는 육수 국물을 두 남녀에게 들이붓고 왔어야 했는데 하는 후회
를 그래서 한 것이었다.

그 남자는 놀랍게도 그 나이까지 싱글이었다. 알고 보니 제법 재
력가 집안의 아들이라고 했다. 그는 결국 그 강간죄 고소 건도 거
액의 돈으로 합의한 것으로 알고 있다. 그 합의도 그 남자는 해외
로 도망간 상태에서 K가 알아서 한 것으로 알고 있다.

그 남자는 사라의 고등학교 친구 K를 사랑했을까? 사랑한다면
그리 행동했을까? K가 여성을 공급해주는 상황을 즐겼겠지. 사랑
했다면 같이 공범으로 고소되었는데 혼자만 살겠다고 도망가지도
않았겠지.

그 남자에게 관계의 의미는 그 정도였다. 그에게 관계란 그저 쾌락을 얻는 수단이었다.

돈 많은 싱글이고 대학 교수라는 근사한 간판까지 있는데(사라가 30대 초반이라 그 남자가 징그러워 보였지, 현재 나이였다면 그 남자가 멋져 보였을 수도 있다), 어딘가에 묶이는 게 싫었을 것이다. 그래서 그는 자신의 성적 판타지를 실행해주는 여자를 관계의 대상으로 선택하였다.

그는 아직도 그리 살고 있을 것이다. 관계에 목마른 여자들을 이용하면서.

50살 넘은 남자가 바뀔 리가.

연애도 미친 짓이다

넌 나에게 쇠약증을 줬어
나르시시스트의 위험성 1

삼겹살을 굽던 분당남의 첫인상은 매력적이었다. 호탕하게 웃었다. 남자답게 생겼고 큰 키는 아니지만 다부졌다. 어떤 소재든 적절히 시사와 역사를 섞어 받아칠 줄 알았다. 날 두고 칭찬과 장난을 조절해서 치곤 했다. 들었다 놓았다를 한 것이다.

그 이후 우리는 급속도로 가까워졌다. 그는 내게 하루에 다섯 번도 더 전화했다. 아침에 눈 뜨자마자부터 잠들기 직전까지. 자동차로 이동할 때마다 전화를 했다. 그가 날 좋아하는지 아닌지에 대하여는 고민할 필요가 없었다. 아니, 고민할 틈을 주지 않았다.

주로 그가 말하고 내가 듣는 형국이었지만, 그의 말을 듣는 게 좋았다. 사안을 보는 그의 날카로운 시각이 좋았다. 그는 사안만 날카롭게 보는 것이 아니라, 사람도 날카롭게 볼 줄 알았다. 한눈에.

그래, 그게 패착이었다. 그는 성격도 날카로웠다. 심하게.

같이 눈만 마주쳐도 즐겁던 두 달이 지나자, 그의 날카로운 성격이 적나라하게 드러나기 시작했다. 사실 두 달 사이에 복선이 없었던 것은 아니다.

처음에는 이자카야에서 발견했다. 동네 작은 선술집 같은 이자카야였는데, 옆에는 네 가족이 와서 식사를 하고 있었다. 미취학 아동으로 보이는 아이 둘이 앉아 있었다. 동네 작은 식당이라서 식사를 겸하고 가는 단골 가족 고객이 얼마든지 있을 수 있는 그런 곳이었다. 그런데 이 사람이 그 아이들을 향해 눈을 부라리는 것이었다. 이런 곳에 아이들이 있으면 어른들이 편히 대화할 수 없다면서.

그렇다고 당시 우리가 딱히 '어른의 대화'를 하고 있었던 것도 아니었는데, 왜 그런 반응을 보이는지 알 수가 없었다.

난 불편해진 마음에 자리를 옮기자고 제안했지만, 그는 꼼짝도 안 했다. 우리가 먼저 옮기면 지는 것이 되는 거라고. 상식을 어긴 것은 저 식구들인데 왜 우리가 피해야 하냐고. 정말 심하게 당황

해서 실은 다음 날부터 이 사람을 안 보려고 했다. 그런데 이 사람을 소개해준 사람으로부터 연락이 오더니 이 사람의 장점을 주르르 읊으며 다시 기회를 주라고 했다.

'그래, 취해서 그랬으려니. 다른 좋은 모습이 또 있으려니'라고 생각하면서 그냥 넘겼다.

또 한 번은 주차 때문이었다. 식당에서 함께 밥을 먹는데, 한 아주머니로부터 차를 빼달라는 연락이 왔다. 막상 빼러 가보니, 사실 굳이 이 사람이 차를 안 빼도 얼마든지 나갈 수 있는 상황이었다. 다만 운전이 서툰 사람이라면 각도 내기가 조금 힘들긴 했다.

그는 그 일 때문에 밥을 먹고 나를 집에 데려다줄 때까지 화를 참지 못했다.

"그렇게 운전을 못할 거면 왜 차를 가지고 나와!", "고맙다, 미안하단 말도 못하나?"라는 말을 시작으로 자신이 여성 운전자 때문에 당했던 온갖 기억을 다 끌고 왔다. 기억력이 무척이나 좋기 때문에 끌고 나올 기억도 많았다.

위 일들은 무척이나 사이가 좋았을 때의 일들이다. 그리고 두 달

정도 지나 서로 익숙해지자, 그 사람의 저 날카로운 칼날이 드디어 날 향하기 시작했다.

　나의 모든 것이 문제였고, 모든 상황이 내 탓이었다.

　식당에 가서 2인용 식탁에 앉아도 문제(4인용이 아니면 좁다고 싫단다. 4인용을 강력하게 요구하지 않은 내 탓이란다), 약속된 장소에서 본인이 주차장 입구를 못 찾아 헤매도 내 탓(그런 것은 미리 체크해서 알려줘야 한단다. 그 사람이 내게 그런 것을 알려준 적은 당연히 없다), 통화 중에 비닐이 바스락거리는 소리가 나도 시끄럽다고 버럭(그는 나랑 통화하면서 양치도 했다), 옷을 벗고 있다가 추워서 다시 입어도 버럭(왜 건강 관리 제대로 못해서 그리 추위를 쉽게 타냐면서), 그날 꾼 꿈 얘기를 꺼내도 버럭!

　도무지 어느 시점에서 언제 갑자기 화를 낼지 알 수가 없었다. 그 외에도 나는 늘 머리카락이 윤기 없이 푸석거리고, 코밑에 잔털이 나 있으며, 방송하는 사람 치고는 뚱뚱해서 살을 빼야 하는 사람이었다.

　생각해보면 내 탓도 있었다. 이 사람은 6살 여자애처럼 대해야 한다는 것을 내가 미처 몰랐던 탓도 있었다. 모든 게 본인 위주인 6살. 그것도 남자아이가 아니라 여자아이라서 더 섬세하기까지 하다. 처음부터 그렇게 대해야 했는데, 이 사람이 처음 보여준 포장지에 속아 넘어갔다. 호탕해 보이고 남자다워 보이던. 이제 보니 그것은 예민하고 여성 같은 자신을 감추려 만든 거짓 포장지였건만.

나중에는 이 사람에게서 전화가 오는 것이 두려웠다. 어떨 때에는 일부러 안 받고 이후 적당한 때 전화를 걸어 한두 번 울리면 서둘러 끊어버리기도 했다. '난 콜백했어요~'라는 증거를 남기려고. 내 친구 왈, 자신이 시어머니 전화에 응대하는 방법과 꼭 같다고 했다.

이쯤 되면 이 글을 읽고 있는 사람들도 버럭하게 될 것이다. 대체 왜 그런 사람을 만나서 시간 낭비를 했냐고. 맞다. 나도 당하기 전에는 그랬다.

그런데 막상 내 경우가 되고 보니, 두 가지가 내 발목을 잡았다. 과거 그리고 미래.

과거. 지금 이 사람 상황이 좀 꼬여서 그렇지 상황만 좋아지면

136

그 달콤했던 시간이 다시 돌아올지도 모른다고 생각했다. 초반 두 달 우린 정말 잘 통하지 않았냐며.

미래. 어차피 지금껏 싱글인 사람들은 나를 포함 죄다 각자 문제 있는 사람들인데, 맞추며 살다 보면 익숙해지지 않을까. 그래도 나랑 결혼하겠다는 사람인데, 이 사람 놓치면 난 정말 결혼하고는 영영 이별 아닐까.

이 사람에 대한 자세한 이야기를 일부러 피하려 한다. 내가 이렇게 간략히 요약해서 그렇지 당시 내 정신에 남긴 상흔이 상당히 컸다. 당시 난 신경안정제까지 먹어야 할 정도로 이 사람의 공격에 무너져 내린 상태였다.

나중에 알게 되었다. 이 사람은 자기애성 성격장애자, 일명 나르시시스트에 가깝다는 것을. 자신의 불안감을 가장 가까운 사람을 향한 비난과 짜증으로 풀어야지만 본인이 편안해진다는 것을. 이들은 실은 너무도 허약한 자존감을 가진 사람들이고 이를 숨기기 위해 처음에는 매우 매력적인 모습을 띠지만, 가까워졌다 하는 순간, 그 사람을 자신의 감정받이로 쓰면서 놓지도 않는다고 했다.

난 그의 매력에 빠졌으나, 곧 그의 감정받이로 전락했다. 그에게 온갖 타박을 받을 때마다 나도 의문이었다. 이 사람은 날 이리 구박하면서 왜 날 놓지 않지? 심지어 내가 그만하자고 헤어지려 하면 다시 붙잡았다. 그리고 잠시 반성하며 잘해주는 듯하지만, 자신에게 모욕감을 주었다는 사실을 절대 잊지 않았다. 반드시 복수했다.

6살 여자아이와도 같았던 그는 내게 두 가지 역할을 요구했다. 무한한 인내심을 가지는 어머니의 역할 그리고 묻지 마 충성을 바치는 신하의 역할. 난 그를 낳은 적도 없고, 그로부터 그 어떠한 녹봉도 영토도 받은 적이 없었다. 그렇지만 그는 당당했다. 자신을 사랑하기로 약속했다는 이유만으로.

결혼이 뭐라고! 결혼 한 번 하겠다고 그 모욕을 견뎠을까. 그런데 사실 내 주변의 꽤 많은 사람들이 내게 더 결혼을 부추겼다. 결혼만 하면, 아이만 낳으면 다 나아진다고. 쟤도 별 수 없을 것이라고. 특히 그 사람의 남자인 친구들이 더 부추겼다. 결혼이 호랑이 연고인 양.

내가 그 말에 혹해 그 상태로 결혼했음 난 지금 정신병동에 있을지도 모른다. 혹은 영화 〈몽루아〉의 토미처럼 내 몸 어딘가를 부러뜨렸을지도.

결혼해서 미친 사람 1
몽루아

〈몽루아Mon roi〉라는 프랑스 영화가 있다. 뒤로 굽혀야 앞으로 가는 사랑. 이미 식은 것을 알면서도 끊지 못하는 사랑.

누가 거부할 수 있을까? 상대는 뱅상 카셀인데. 늘 모델 같은 여성들에 둘러싸여 있고, 유명한 레스토랑의 오너 셰프이고, 집은 모델하우스같이 꾸며놓았다. 그가 첫 데이트를 마치자마자 핸드폰을 던져준다. 자신이 곧 이 번호로 전화하겠다고.

상대의 전화번호를 궁금해하는 게 아니라 자신의 전화기를 던져준다……라. 생각해보면 이 자체가 복선이다. 이 남자가 얼마나 지독하게 자기중심적이었는지가. 상대의 삶, 상대의 시간 아랑곳 안 하고, 자신이 내킬 때 문을 열었다가 언제든 문을 닫을 준비를 하는…….

하지만 토미는 형사 전문 변호사였다. 변호사업계에 저런 외모에 저런 매력으로 다가오는 남자는 없다. 당연히 혼이 쏙 빠졌다. 그의 즉흥성도 매력이었다. 결혼반지 하나 없이 결혼했지만, 개의치 않았다. 이토록 뜨겁게 사랑하는데, 그게 결혼반지인지 햄인지 알 게 무언가. 이렇게 멋진 남자가 날 사랑한다는데. 자신의 비참했던 첫 번째 결혼을 보상하기에 충분하고도 넘쳤다. 그녀는 그 자체를 경배했다. 왕처럼.

그녀는 변호사였다. 그녀는 관계란 책임지는 것이라고 생각했다.
그는 나르시시스트였다. 그에게 관계란 자신에게 즐거움을 줄 때만 의미 있는 것이고, 자신에게 부담을 줄 때면 언제든 서랍 안에 던져버릴 수 있는 그런 것이었다.

그는 곧 결혼생활의 모든 것을 견디지 못하기 시작했다. 자신의 전 여친도 계속 만나야 하고, 아내가 그런 것을 가지고 화내는 것도 못 견뎠다. 감히 왕에게 신하 따위가 어찌 화를!

임신한 아내가 예민하게 구는 것도 참을 수 없었다. 급기야 아내와 함께하는 공간 자체로부터 도망을 갔다.

옆집으로. 임신한 아내를 두고 그 옆집으로. 언제든 사람들을 초대하여 파티하고, 언제든 그 안에서 약을 할 수 있게.

분당남도 그랬다. 결혼하면 각집 하자고. 눈에서 꿀이 뚝뚝 떨어지던 초반 2개월 때부터 그랬다.

토미라고 왜 화를 내지 않았겠는가. 그러나 곧 알게 되었다. 이 사람을 사랑하고 이 사람과의 관계를 유지하고 싶어 하는 이상, 자신이 견디는 것 외에는 방법이 없다는 것을. 화를 내면 고쳐지기는커녕 그냥 끝난다는 것을.

그렇게 그녀는 신경안정제를 먹기 시작했다. 남자가 휴양지에 가서 여자는 내팽개쳐두고 친구들과 밤새 술을 퍼마시든, 전 여자 친구와 나란히 옆에 앉아 속삭이며 술을 마시든 다 이해해주면서,

아니 다 이해하기 위하여.

그러나 어느 날 그녀는 알게 되었다. 그를 떠나야지만 행복해진
다는 것을.

그래서 애원한다.

"널 사랑하면서 불행할 바에는 널 떠나고 행복해지겠어."

하지만 남자는 자신이 토미에게 어떤 상처를 주었는지 이해할
수 있는 능력이 없다. 관계란 서로 희생하는 것이라는 것을 알지
못한다. 그도 6살 아이였다. 엄마가 아이를 두고 떠난다? 있을 수
없는 일이다. 내가 무슨 짓을 해도 엄마인 너는 나를 감싸고 이해
해줘야지! 희생은 오직 상대만이 하는 것이다. 왜? 날 사랑하기로
했으니까.

"내가 이런 사람인 것 알고 사랑했잖아! 난 원래 이런 사람이었어."

내가 분당남에게 떠날 수밖에 없는 이유를 가장 점잖은 방식으
로 표현했을 때, 그도 분개했다.

"네가 이런 마음을 갖고 있었다니 충격이다."

(=너 따위가 감히 내게 이런 반심을 품다니!)

그런 사람들이다. 상대의 상처는 아랑곳없다. 상대가 더는 감히 자신을 찬양하지 않는다는 사실만이 아프다, 그들에겐.

사랑은 관념이고 이상이다.

연애는 행위이자 현실이다.

사랑과 연애가 일치할 가능성은 그리 높지 않다.

20

나르시시스트의 함정

나중에 알게 되었다. 분당남도 토미의 남편도 자기애적 인격 장애자, 이른바 나르시시스트로 의심된다는 것을.

심리학적으로 나르시시스트는 단순히 왕자병, 공주병을 의미하는 것이 아니다. 그들은 비뚤어진 자기애를 가지고 있다. 실은 자신 안에 지독히 열등감 가득한 어린애가 있기 때문에 그것을 감추기 위하여 자신을 거짓된 매력과 명품으로 치장한다. 그들에게는 연인도 자신을 빛나게 만들어줄 도구에 불과하다. 따라서 그 연인이 자신에게 어느 정도 심리적으로 귀속된 것을 알게 되면 그 순간부터 그 연인을 끊임없이 가스라이팅하면서 본인의 열등감을 전이시키고, 자존감을 앗아버린다. 떠나려 하면 집요하게 다시 붙잡는다. 사랑하지도 않고, 심지어 이미 바람까지 피우면서도 붙잡는다. 본인의 누울 자리를 쉽게 놓치고 싶어 하지 않는다.

분당남 때문에 한참 괴롭던 무렵 답답한 맘을 이기지 못하고 유튜브에 쳐보았다.

'자기 뜻대로 되지 않으면 화부터 내는 남자'

그렇게 해서 검색된 것이 바로 자기애적 성격 장애자였고, 나르시시스트였다. 물론 난 심리학자가 아니다. 따라서 그가 정말 그런 사람이었는지 아닌지는 알 수 없다. 그냥 단순히 날 사랑하지 않아서 그런 것일 수도 있다.

아무튼 그 사람은 나와의 관계에서 참으로 '나쁜 남자'였다. 그것만은 확실했다.

그래서 사람들은 말한다, 착한 남자를 만나라고.

"착한 남자가 뭔데요?"라고 물으면 대체로들 답한다.

"널 더 좋아하는 남자. 네게 잘해주는 남자가 착한 남자지."

정말일까? 착한 남자는 좀 나을까?

21

"널 더 사랑하는 남자를 만나"의
함정 1

집안 유복하고, 본인도 전문직이라고 했다. 결혼은 한 번도 안 했다. 심지어 외모도 나쁘지 않았다. 어찌 보면 그는 결혼 시장에서 완벽한 사람이었다.

그는 애초 날 달가워하지 않았다고 했다. 방송하는 사람 부담스럽다고 말이다. 그런데 중간에 소개해준 사람이 애를 썼다. 그래서 내 연락처를 받아가고 무려 한 달이나 지날 무렵 연락이 왔다. 난 사실 포기하고 잊고 있었기에 연락이 올 줄 몰랐다.

5월 초순, 한 특급 호텔의 별관 식당에서 보기로 했다. 나무와 꽃들에서 생명력이 터질 듯이 뿜어 나오고 있었다. 아름다운 날씨였다.

그런데 그는 첫 만남에서 식당 안에 들어가지 않고, 식당 앞에서 날 기다렸다. 아름다운 날씨를 감상하기 위해서 혹은 날 배려하기 위해서인 줄 알았다.

아니었다. 그는 혼자서 식당에 들어가는 게 싫다고 했다. 부끄럽다고 했다.

그는 정장 차림이었는데 열이 많다고 하더니, 5월 초인데도 더워서 땀을 뻘뻘 흘렸다. 그래서 내가 말했다, 재킷을 벗으라고. 하지만 그는 벗지 않았다. 그래서 내가 장난을 쳤다.

"혹시 와이셔츠가 나시인가요?"

그는 웃더니 답했다. 와이셔츠가 젖어 창피하다고 했다. 그의 와이셔츠는 핑크색이었다.

대화를 나눠보니 그는 무척 성실하고, 부모에게 순종적이고, 자신의 일도 열심이고, 사회의 관습을 지킬 줄 아는 사람이었다.

이 나이가 되면 서로 늘 묻는 질문이 있다.

"○○ 씨는 왜 결혼을 안 하셨나요?"

예의 그 질문이 나왔고, 나도 모르게 결혼 제도에 대해 좀 회의적인 이야기를 하게 되었다. 그러자 그가 나를 지그시 바라보더니 "그래도 사회의 관습은 지킬 필요 있지요"라고 답했다.

평범한 관습을 중시하는 모습. 그 모습이 책임감 있어 보였다.

누가 보더라도 그는 처음 본 순간부터 내게 푹 빠졌다. 날 안 보겠다고 피하였건만, 정작 보게 되자 주말마다 데이트를 신청하였다. 데이트를 할 때면 늘 집까지 나를 데리러 오고 데려다주었다. 나중에 알게 된 사실이지만, 나를 데리러 올 때면 늘 배가 아파 화장실에 들렀다 오곤 했다고 한다. 그만큼 긴장했다는 것이다. 그리고 내가 하자는 것은 어떻게든 같이 해주고파 했다. 한 달도 되지 않아 그가 말했다. 사랑에 빠졌노라고. 해가 바뀌기 전에 결혼하고 싶다고.

하지만 나는 사랑까지는 아니었다. 그러나 같이 있으면 '제법 즐거운 편'이었다. 처음에는 말이다. 내 나이 당시 39살이었다.

40이 목전이었다. 그래, 결혼은 이런 사람과 해야 되나 싶었다. 남들도 다 이런 식으로 결혼해서 맞춰 살지 않는가. 자기 좋아하는, 적당히 안정적인 직업의 남자와 말이다.

그런데 이 '제법 즐거운' 감정은 딱 두 달까지였다.

그는 내게 웃는 일보다 꾸짖고(그의 표현대로다) 타박하는 일이 늘어났다. 내가 하지 말아야 할 것들이 점점 늘어났다. 마치 10대 시절 우리 아버지의 모습을 보는 듯했다.

일단 다른 약속을 잡으면 혼났다.

그는 일주일에 한 번도 약속이 없었다. 그러다 보니 내가 일주일에 한두 번 저녁 약속이 있는 것을 이해하지 못했다. 자신은 혼자서 식사를 못한다고 했다. 혼자서 식당에 들어가지 못하는 정도가 아니었다. 그는 본인 집에서도 혼자서 식사를 못한다고 했다. 반드시 어머니나 도우미 아주머니가 같이 있어줘야 한다고. 그래서 내가 저녁 약속이 있을 때면 "혼자서 저녁 식사 하는 자신의 미래 모습"을 떠올린 듯 불쾌해하곤 했다.

난 기존에 잡힌 약속은 거짓말을 하고 나가야 했고, 이후의 약속은 안 잡기 위해 최선을 다해야 했다.

의뢰인이 내 휴대 전화로 전화를 해도 꾸중(?)을 했다. 좋지 않다고 했다, 의뢰인에게 개인 번호를 알려주는 것은. 이번에는 반항 (?)을 하였다. 의사와 변호사는 다르다. 휴대 전화 알려주지 않고 어떻게 의뢰인과 재판정 앞에서 만날지를 정하고, 어떻게 의뢰인 과 다급하게 연락을 주고받느냐고. 그러나 통하지 않았다. 자신이 아는 변호사(한 명 있다)는 의뢰인에게 자신의 휴대 전화 번호를 알 려주지 않는다면서(난 그 변호사가 아직도 변호사 업무를 계속하고 있 는지 궁금하다).

커피를 마실 수도 없었다. 위장이 약하면서 왜 커피를 마시냐면 서 오늘 몇 잔을 마셨는지 자신에게 보고하라고 했다. 손톱을 깎 을 수도 없었다. 손톱이 안 예쁘게 자라면서 왜 말을 안 듣고 멋대 로 자르느냐고. 자신이 적절한 때에 데리고 갈 테니 네일숍에 가 서 자르자고.

그는 어떤 순간에도 나로부터 1순위가 되기를 원했던 것 같다. 내가 재판 중이거나 회의 중이라도 말이다. 자신이 카톡을 보내면 'ㅇㅇ'으로라도 즉답을 해야 한다고 했기 때문이다. 내가 답이 늦으 면 그날은 뜬금없이 어떤 꼬투리를 잡아서라도 내게 눈을 흘겨댔 다. 자신에게 복종하지 않는 것은 자신을 그만큼 덜 사랑하는 것 이라고 여기는 듯했다.

두 달 즐거웠으나 석 달 힘들었다. 그가 틀렸다고 말할 수는 없다. 그냥 그와 나는 너무도 다른 사람이었다. 그 사람 입장에서 나는 그를 불안하게 만드는 사람이었고 자신에게 그다지 순종하지 않는 사람이었다. 반면 내 입장에서 그는 나를 구속하고 구박하는 사람이었다. 맘이 식은 지 한참이었다. 우리는 그냥 안 맞는 사람이었다. 그도 내가 지쳤을 것이다.

그래도 석 달을 더 버텼던 까닭은 나의 나이 때문이었다. 나이가 원죄였다. "니 나이가 몇인데, 남자랑 또 헤어졌냐"는 책망이 듣기 지겨웠다. 더 솔직하게는 그에게 상처 주기 싫어서였다. 그가 날 워낙 사랑했던 것을 알고 있었다.

사람들은 내가 하고픈 말을 다 하고 사는지 안다. 누구에게나 톡 쏴붙이는 소리를 내킬 때마다 양껏 할 것이라고들 지레 짐작한다. 그러나 나와 정말 친한 사람들은 안다. 내가 가장 독한 소리를 하는 당사자는 나 자신이라는 것을. 가까운 사람들에게 외려 그러지 못한다. 법정에서 싸우는 것도 지겨운데 일상에서조차 싸우는 것이 싫다. 혹여나 싸웠다고 하면 당연히 저 드센 임윤선이 머리끄댕이 잡았겠지 하고 말무리가 퍼져나가는 것도 싫다. 차라리 하고픈 말 삼키는 편이 언제부터인가 더 편해졌다.

그래서 그의 감정을 존중해주고 싶었다. 내가 그에게 화를 내면 날 무척 사랑하는 그의 가슴에 큰 상처가 남을 것만 같았고, 그의 재생력은 그다지 시원치 않아 보였다. 그래서 침묵을 지켰다.

그러다 보니 자연히 그 앞에서 할 말이 점점 줄었다. 무슨 말을 하든 기본이 면박이었고, 무슨 행동을 하든 일단 듣지도 않고 못 하게 하는데, 딱히 하고픈 말이 있을 리가 없었다.

그는 그 점을 더 만족스러워하는 듯했다. 뭍에 나와 숨도 못 쉬고 축 처진 잉어 같은 나를.

그러던 와중 결정적인 계기가 왔다. 그가 내게 또다시 '말'을 듣지 않는다면서, "내가 널 변호사 일도 하게 해주고, 방송도 하게 해줬잖아!"라고 화냈을 때였다. 당시 난 변호사 9년 차였고, 방송을 본격적으로 한 지 4년이 지난 때였다.

널 변호사 일도 하게 해주고 방송도 하게 해줬잖아?!

날 낳고 키우느라 생고생하신 울 이 여사님의 표정이 어떨지 자연스레 떠올랐다.

뭣이? 누가 뭘 하게 해줘?

그의 내심을 알게 되었다. 그는 내 팔다리를 다 자르고 집 안에 가두어 자신만 바라보고 살게 하기를 원하는구나. 채찍과 당근으로 날 조련하기를 원하며, 내 팔다리, 아가미를 다 자를 날을 D-day로 삼고 카운트다운을 하고 있음을 알게 되었다.

그래서 헤어졌다. 한 번도 뒤돌아보지 않았다. 가끔 후회했는데 그것은 내가 왜 석 달 내내 그 괴로움을 참았지, 하는 후회였다.

그는 절대 이해하지 못하고 있을 것이다. 그토록 사랑을 준 자신이 왜 헤어짐을 당해야 하는지, 사랑을 많이 준 것이 죄인지. 그는 나를 무척이나 원망했을 것이다.

그는 그 나름대로 뭔가 이유를 대고 나를 나쁜 년으로 만들었을 것이다.

그런데 그것도 이해한다. 왜냐하면 그는 결코 자기 잘못을 모를 테니. 그가 날 일부러 구겨 넣은 것은 아닐 테니. 그는 끊임없이 나를 타박하고 꾸중하면서도 아마 자신이 내게 무슨 행동을 하는지 스스로 인지하지 못했을 것이다.

사실 나쁜 사람은 아니었다. 오래된 친한 친구도 있었고, 못 받을 각오도 한 채 거액의 돈을 빌려줄 줄도 아는 사람이었다.

그랬으나 그는 자신도 모르게 나를 옥죄었다. 나의 에너지는 그를 불안케 하였다. 그가 나를 옥죄기보다 박수를 쳐주었다면 나는 그의 곁에 있었을 것이다. 하지만 그게 그의 그릇이었다. 그는 여자를 통제하고파 하는 사람이었다.

그리고 최근 그가 비슷한 삶의 반경을 가지고 비슷한 에너지를 가진 사람과 결혼을 했다는 소식을 들었다. 최고의 선택이었다. 아마 그는 그녀에게는 나한테 했던 것처럼 그리 모든 걸 통제하려 하진 않을 것이다.

상이한 사람을 만날 때 끌리고들 한다.

그러나 끌렸던 그 이유 때문에 결국 멀어지는 경우가 더 많다.

강렬하고 싶은가? 다른 사람을 만나면 된다.

오래가고 싶은가? 비슷한 사람을 만나는 편이 낫다.

"널 더 사랑하는 남자를 만나"의 함정 2

'날 더 사랑하고, 심지어 내게 다 맞추는 남자'는 그럼 어떠할까? 정말 좋은 남자일까? 리즈는 동의하지 못할 것이다.

내 친구 리즈가 와인 모임에 초대되었다. 한 제약 회사의 M&A 건을 클로징하면서 알게 된 법무법인의 파트너가 "괜찮은 와인 모임"이 있다면서 초대를 제안한 것이었다. "총각"도 있다면서. 리즈는 그즈음 6개월 가까이 남자의 손조차 스치지 않은 상태였다. 체면이 어디 있겠는가.

리즈는 겨울에 어울리는 폭신한 느낌의 붉은색 캐시미어 터틀넥을 입었다. 와인이 튀어도 티가 나지 않게 말이다. 와인 모임은 청담동의 작은 이탈리안 레스토랑이었다. 5~6인이 있었다. 다들 사교적인 얼굴로 환하게 리즈를 반겨주었다. 리즈는 내가 아는 한 가장 탁월한 사교력을 가지고 있다. 심지어 진심이다. 그래서 낯선 이도 리즈에게는 쉽게 맘을 연다.

리즈는 어느새 대화의 중심이 되었다. 그러자 가장 먼 곳에서 조용히 앉아 있던 사람이 정말 뜬금없이 본인이 싱글임을 대화 중에 느닷없이 강조했다. 그제야 그 사람에게 눈이 갔다.

그 사람은 자신이 제임스라고 했다. 명함에도 영어로 'James'라고 박혀 있었다. 그래서 리즈가 물었다. 실제 국적이 미국이냐고. 그가 답했다. 아니라고. 미국을 언제 갔냐고 물었다. 대학원 때 갔다고 했다. 리즈는 솔직히 속으로 풉 하고 웃었다고 했다. '그런데 왜 제임스?'

제임스는 그 무엇도 그녀의 관심을 끌 만한 것이 없었다. 영어 이름? 어설픈 미국 발음으로 한국말을 하는 남자들의 교만은 지긋지긋하게 봐왔다. 회사에도 그런 사람 넘친다.

그의 외모? 빈말로라도 훈남이라고 할 수 없었다. 그럼 그의 직업? 사실 무슨 일을 하는지 잘 알 수 없었다. 사업을 한다고 했다. 사무실은 여의도에 있는데, 가끔 간다고 했다. 본인 개소식에 이러이러한 국제적인 인사들이 왔다면서 사진을 보여주긴 했다. 그냥 자신의 일을 매우 열심히 하고 출장도 열심히 다닌다는 것을 알게 되었다.

그래도 그 나이에 싱글이라는 점, 그 점 하나만은 관심을 끌기에 충분했다. 그래서 그 사람에게 눈을 맞추고 대화를 하기 시작했다. 그러고 보니 그 사람은 낮은 목소리에 굉장히 편안한 미소를 지을 줄 아는 사람이었다.

그리고 의외였다. 조용하고 말이 없는 사람이라고 생각했는데, 의외로 저돌적이었다. 바로 다음 날 아침부터 안부 인사가 오더니 대뜸 데이트 신청이 들어온 것이다. 당장 그날 저녁에 보자고 했다.

그 적극성이 내심 기분 좋았다. 40 넘어 그런 남자들이 드물기 때문이었다. 그뿐이 아니었다.

그는 리즈의 이야기 모든 것을 자신의 귀에 담기라도 할 듯이 리즈의 이야기에 초집중을 하였다. 리즈가 강조하는 포인트의 이야기에는 감탄을 하였고, 웃기려고 하는 이야기에는 환하게 웃었다. 그는 자신의 미소를 드러낼 줄 알았다. 유학파라 다르구나 싶었다.

감정을 숨기는 편이 아니라 편안히 드러낼 줄 알았던 것이다.

그리고 자신이 아는 얘기를 리즈의 이야기에 덧붙였다. 잦은 해외 출장 때문인지 덧붙일 수 있는 이야기가 매우 다양했다. 대화가 핑퐁처럼 오갔다.

집에 갈 무렵 그는 옆 의자 위에 고이 올려둔 꽃을 꺼내 리즈에게 건네주었다. 이 동네 오기 전에 미리 꽃집을 검색해두었다면서. 그리고 그녀를 살포시 안아주었다. 그에게서 불가리 향수 냄새가 났다. 키가 작은 탓에 뭐 그리 폭 안기는 맛은 없었지만 그의 어깨가 생각보다 넓게 느껴졌다.

세상에 이렇게 완벽한 데이트가 있다니!

리즈가 40 넘어 만난 남자들은 모두 철저히 자기 위주였고, 심판들이었다. '자, 빨리 실수하렴. 너의 단점을 찾아 쿠사리를 줄 준비가 되어 있단다.' 그런데 이 남자는 정체가 무어기에, 40이 훌쩍 넘었는데도 이렇게 로맨틱할 수 있단 말인가.

자기 말을 하기보다는 리즈의 말을 들을 줄 알고, 들으면서 지쳐 하기보다 너무도 즐거워하고, 심지어 꽃까지. 그리고 저 저돌성. 이것이 사람들이 말한 "외모 하나도 안 중요해. 그냥 너 편하게 해주고 잘해주는 남자 만나"에 맞는 사람인가 보다 싶었다.

그들은 일주일에 네 번 이상을 보았다. 제임스는 자신이 몇 주 후 해외 출장을 갈 예정이기 때문에 그사이에 최대한 자주 보아야 한다고 했다.

그리고 데이트마다 완벽했다. 제임스는 리즈가 먹고픈 음식 위주로 가장 좋은 식당을 열심히 검색해서 알아냈고, 데이트 내내 늘 리즈로부터 눈을 떼지 못했다. 어떤 소재이든 그는 해외 있었을 때의 경험을 바탕으로 다양한 이야기를 들려주었다. 해외에서 살아보지 못한 리즈는 그런 이야기도 신선했다. 리즈가 지갑을 열려고 하면 진심으로 만류하였다. 그리고 늘 집까지 바래다주고는 그 앞에서 너무도 포근히 안아주었다. 아쉬움을 감추지 못하면서 말이다. 모든 게 철저히 리즈 중심이었다.

네 번째에 그는 그녀의 집 앞에서 그녀를 안은 채 귓속말로 속삭였다. "사랑해요"라고.

이 얼마 만에 느끼는 사랑받는 기분이던가.

빅딜을 끝낸 직후라 그나마 시간에 여유가 있기는 했지만, 사실 시간을 내기가 쉽지만은 않았다. 리즈에게 일주일에 네 번 가까이 되는 데이트는 체력적으로도 문제였다. 그런데도 이처럼 어영부영 끌려갔던 이유를 리즈는 이렇게 말했다.

"열정이 넘 그리웠어. 그거였어."

제임스가 출장을 떠났다. 그는 해외에서도 리즈에게 정성이었다. 매일 아침 굿모닝을 보내고, 매일 저녁 전화를 하였다. 자신이 산책하는 다리의 풍경을 사진 찍어 보냈고, 컨퍼런스 장소의 물컵, 테이블 모양 모두 사진 찍어 보냈다. 이 모든 것을 함께 공유하고 싶다면서.

그와 잠시 떨어져 있으면서, 리즈에게도 비로소 근본적인 의문을 품을 시간이 생겼다.

"이 사람 직업은 뭘까?"

리즈가 왜 리서치를 안 했겠는가. 인터넷이라는 진실을 향한 열쇠가 있지 아니한가.

그런데 뭔가 석연치 않았다. 국내에 회사를 차린 것도, 본인이 대표인 것도 맞는 것 같다. 그런데 실체를 잘 모르겠다. 스타트업이고 무언가를 컨설팅한다는데 '그래서 뭔데?' 싶었다. 해외에서 했던 경험을 살렸다는데, 해외에서 그런 회사 이름은 잘 검색되지 않았다.

한 가지 분명한 것은 그가 해외에서의 그 정체불명인 컨설팅 일을 했다는 이유로 정부에서 어떤 위원으로도 위촉된 적이 있다는 것이었다. 그래서 안도했다. 적어도 정부에서 어느 정도의 검증은

했으려니 싶어서였다.

리즈가 엄청난 능력을 원했던 것은 아니었다. 그의 옷차림만 보더라도 그가 부와는 거리가 먼 것을 알 수 있었다. 그저 양지에서 성실히 일하고, 자기 밥벌이를 하는 사람이면 됐다.

어차피 그를 사랑하지는 않더라도 그의 사랑에 감복할 준비가 되어 있었던 이유는 그가 바로 그 "내게 잘해주는 남성"인 것처럼 느껴졌기 때문이었지 그의 외모나 그의 능력이 엄청나 보여서가 아니었으니 말이다.

약 일주일의 출장을 마치고 제임스가 중동에서 한국에 돌아왔다. 제임스는 한국에 도착하자마자 리즈의 집 앞으로 왔다. 그는 잠 한 숨 안 잤지만 전혀 피곤하지 않다고 했다. 비행기에서 내내 리즈 생각만 했다고 했다.

그의 달콤함은 중동에서 더욱 덥혀지고 온 듯했다. 그는 그녀가 너무도 보고 싶었다면서 그녀에게서 눈을 떼지 못했다. 식탁 위에 올린 그녀의 손을 계속 만졌고, 그녀의 얼굴에서 머리카락이 한 올이라도 떨어지면 끊임없이 식탁 너머로 팔을 뻗어 그녀의 귀 뒤로 넘겨주었다. 리즈에게 어울릴 것 같다며, 중동 시장에서 산 작은 팔찌도 선물하였다.

제임스가 리즈의 손목에 팔찌를 채워준 후, 손에 입을 맞추었다. 40 먹은 남녀가 보여주는 이 광경이 낯설었는지, 주변 사람들이 흘끗 리즈를 쳐다보았다. 나쁘지 않았다, 그 느낌.

그러나 의문이 감정을 파고든 후라 그런가? 그의 그런 자상함에 조급함이 묻어 나오는 듯했다.

어느 정도 배를 채운 뒤 리즈가 따스한 미소를 띠고 물었다. 중동에서 무엇을 하고 왔냐고. 그가 답했다. 이러이러한 사람들과 컨퍼런스를 했다고. 그녀가 다시 물었다. 그러그러한 사람들과 도대체 "어떤" 컨퍼런스를 했냐고.

취조를 하려던 것은 아니었다. 그저 대화를 하기 위해 물었던 것이었다. 그러자 그는 여전히 또 자신이 만난 사람들이 "어떠어떠한 사람"들인지만 길게 설명하였다.

그런데 그 순간 느껴지는 것이 있었다. 생각해보니 그의 대화 방식은 늘 이런 식이었다! 그녀는 무엇을, 그리고 어떻게를 묻는데 그는 결국 늘 "누구와"에 대한 이야기만 하다가 다른 이야기를 하고는 하였다.

리즈는 집에 들어와 곰곰이 생각해보았다. 그리고 그에 대한 리서치를 다시 한 후, 자신의 가장 친한 친구 몇 명에게(나도 포함되어 있었다) 그의 인터뷰를 포함한 몇 안 되는 리서치 결과물을 공유했다. 그리고 물었다.

"그가 무슨 일을 하는지 알겠어?"

나도 읽고 또 읽었다. 그리고 회신했다.

"이 정도로 그의 말이 이해가 안 되는 것은 우리의 문제가 아닐 수 있어."

리즈는 약 일주일 후 그를 만났다. 그는 리즈와의 데이트가 무척 반가웠는지 제법 고급스러운 해산물 전문점을 예약했다. 리즈가 리서치를 하는 동안 그와 계속 거리를 두었기 때문이다.

하지만 리즈로서는 이것이 마지막 기회라고 생각했다. 그에 대한 의문의 답을 그로부터 직접 듣기 위한. 그래서 여러 가지를 물었다. 그가 미국에서 어느 학교를 나왔는지, 그의 부모님은 무슨 일을 하시고 어디에 사시는지, 그의 첫 직장은 무엇인가, 어떻게 하다가 국내로 다시 돌아오고 정부 일까지 하게 되었는지, 그리고 그 일을 관둔 까닭은 무엇인지.

제임스는 리즈를 무척 놓치기 싫었나 보다. 잠시 얼굴을 찌푸리는 순간도 있었지만, 그래도 신문마다 답변을 하였다.

두 시간 정도가 흐르고 리즈가 말하였다.

"우리 그만 보는 게 좋겠어요"라고.

리즈가 집에 돌아오는 길에 내게 전화를 걸어 말했다.

"도돌이표야. 난 무엇을 했냐고, 너의 비전이 무엇이었냐고 묻는데, 그 사람은 딴 사람 얘기밖에 안 해. 영국의 어떤 왕족을 누구 통해서 알게 되었다던가, 아니면 공무원 흉보거나. 아니, 정부에서 어떤 일을 기획했느냐를 묻는데 대체 왜 공무원 흉만 잔뜩 하는 거야. 결론은 이 사람은 불투명하다는 거야. 내게 아무리 잘해줘도 그건 싫어. 자신이 숨기고픈 게 있으니까 내게 잘해주는 거야. 이제 40 넘어 이유 없이 순수하게 여자에게 잘해주는 남자란 없나 봐. 아쉬워서 그렇든 아니면 원하는 게 있든이야."

내가 물었다.

"그 사람에게는 뭐라고 이별하자고 말했어?"

리즈가 답했다.

"그냥 뭐, 솔직히 말할 순 없어서 남자로 안 보인다고 했어."

난 그때 리즈가 조금 성급한 것 아닌가 싶었다. 그렇게 단칼에 잘라낼 필요가 있었을까. 그 남자는 참으로 오랜만에 리즈에게 모든 걸 맞추려 했던, '착한 남자'로 보이는 사람이었기 때문이다. 내심 리즈는 확실히 '나쁜 남자'를 선호하는구나 싶기도 했다.

난 속으로만 말했지만, 리즈는 보나마나 주변 사람들로부터 꽤 나 잔소리를 들었을 것이다. '착한 남자'를 왜 보내버렸냐고, 철이 없다고.

그러나 약 1년 후 리즈가 보낸 한 기사를 보고 난 소름이 돋았 다. 제임스가 사기 등의 혐의로 인터폴 수배가 되어 있다는 기사 였다.

"그렇다니깐. 우리 나이에 더는 순수한 사랑은 없어. 잘난 놈들 은 지 잘난 것 알고 지 편한 상대 찾는 거고, 못난 놈들은 지 원하 는 게 있으니까 맞추는 척만 하는 거야."

리즈의 촉이 맞았다. 일찍 손절하기 천만다행이었다.

"다 필요 없어. 그냥 네게 잘해주는 사람 만나!"

40 넘은 남녀에게는 정답이 아닐 수도 있다.

그놈의 '연락'이 뭐기에

코로나19가 발생하기 전의 일이다. 방송에 함께 출연했던 사람들과 함께 고기를 먹고 있었다. 이태원에 있는 식당인데, 요리사가 직접 철판에서 고기를 굽고 잘라 손님의 개인 접시 위에 올려주었다. 손님은 그냥 접시 위에 올라온 고기를 집어 먹기만 했다. 스시야 스타일이었다.

바로 내 옆자리 손님이 혼자 앉아 있었는데 누군가를 기다리는 듯했다. 그 누군가는 누가 봐도 데이트 상대였다. 그날은 금요일이었고, 그는 정장을 입고 있었고, 와인 한 병의 코르크를 미리 열어 바 위에 올려놓고 있었다.

누군가가 이쪽으로 다가오는 소리가 들렸다. "많이 기다리셨지요?"

익숙한 목소리라 순간 고개를 돌리게 되었다. 그리고 우리는 곧 서로에게 "어머!" 하고 외쳤다.

미국 변호사 제이였다. ○○ 로펌의 바비 인형이라 불리던. 그녀는 작고 까무잡잡한 얼굴을 가지고 있었다. 그 작은 얼굴 안에 고양이 같은 눈코입이 꽉 찼다. 마치 고소영 같았다. 게다가 늘씬한 각선미까지. 그녀가 웃을 때면 앞 광대가 앞으로 불거져 나왔는데 그것이 그녀를 더 빛나게 만들었다. 그녀가 길고 찰랑이는 머리를 휘날리며 걸어갈 때면 많은 사람들이 그녀를 연예인 보듯 쳐다보곤 했다.

여전히 눈에 띄게 아름다웠으나 다소 당혹스러워 보였다. 나의 존재가. 너무 옆자리였다. 충분히 그럴 만했다. 그래서 그냥 입모양으로 "나중에"라고 속삭이고, 각자 자리에 앉았다.

그게 계기가 되어 우리는 약 2주 후에 도심 경치가 근사하게 내려다보이는 식당에서 정식으로 만났다. 근 2년 만이었다, 그녀가 내게 이혼 상담을 했을 때로부터. 그녀가 그날 보였던 당혹감의 진짜 이유는 이것이었다.

이혼의 원인은 누가 보더라도 남편의 귀책 사유였다. 그래도 법원까지 가지 않고 협의이혼으로 끝낸 것까지는 아는데 이후 어떻게 사는지는 미처 모르고 있었다. 생계를 걱정하진 않았다. 전문직에 집안도 유복하니. 싱글 생활을 어떻게 보내는지 모르고 있던 것이다.

그녀가 말했다. 한 1~2년은 아무도 만나지 않았다고. 그러다가 슬슬 누군가를 만나고 싶단 생각이 들었다고. 그래서 최근 드디어 데이트를 시작했는데, 내게 놀라운 이야기를 하였다. "연락이 귀찮다"고.

그것은 제이의 전 남편이 그녀에게 했던 말이다. 연락 좀 하지 말라고, 귀찮다고. 하지만 애들 아버지가 허구한 날 새벽 두세 시까지 행방이 묘연한데 연락을 안 할 수가 있는가.

"어디예요?"

"언제 집에 와요?"

그녀가 가장 자주 했던 질문이건만, 그리고 연락이 귀찮다는 그 말을 남편으로부터 들었을 때에는 그토록 충격이었는데, 어느새 자신도 모르게 그런 생각이 문득 든다고 했다.

"어디예요?"

그녀가 가장 자주 했던 질문이기도 했지만, 동시에 가장 참았던 질문이기도 했다. 결혼 초반에는 자연스레 했으나 상대방이 하도 질색팔색하니 중반에는 참다 참다 했다. 그리고 막판에는 참는 게 인이 박혀 궁금하지도 않게 되었다.

안 하는 게 익숙해져버린 까닭일까? 이제는 무엇을 물어야 할지도 모르겠고, 왜 물어야 하는지도 모르겠단다. 상대가 물을 때에도 정말 궁금해서 묻는 것일까 의문이 든다고 한다.

"내 엑스가 이런 맘이었나 봐. 웃긴다. 내가 그놈을 이해하게 될 줄이야."

그녀가 쓸쓸히 웃으며 말했다. 그녀의 뒤로 50층 되어 보이는 건물들이 반짝이고 있었다. 그리고 누군가가 내게 했던 말이 떠올랐다. 그 남자는 유독 배가 많이 나왔는데, 그 남자도 아이 둘을 두고 이혼을 했다.

"네가 좋아. 그렇지만 아침에 일어나 안부 인사 하고, 점심 먹었어를 의무적으로 묻고, 귀가 보고를 하고, 의무적으로 연락해야 하는 관계가 난 너무 싫어. 미안해."

대리 기사를 불렀고, 라디오를 틀었다. 늘 그렇듯 그 시간에는

93.9다. 허윤희의 〈꿈과 음악〉. 그녀의 목소리가 서울의 강변가를 더 예쁘게 보이게 만든다.

불현듯 전의 그 배불뚝이 남자에게 문자를 보내고픈 맘이 들어, 천지인으로 썼다.

'그래. 관계의 얼굴은 여러 가지인데, 난 왜 그리 그 말을 야속하게 들었을까.'

하지만 쓰다 말고 다 지웠다. 혹여나 실수로 전송을 누를까 봐 창을 나가기 전에 메시지 자체를 다 지웠다. 인간에 대한 이해를 말하고팠는데, 관계에 대한 미련처럼 보일까 봐서였다. 다시 만나고픈 맘은 실은 나 또한 추호도 없었다. 왜냐하면 그는 결국 또 관계를 앞에 두고 멀리 멀리 도망갈 남자라는 것을 알기 때문이다.

몇 해 전 그때는 저 말을 이해하지 못했다. 좋다면서 연락이 싫다는 것은 무슨 뜻일까? 그냥 안 좋다는 말 아닌가? 분명히 초반에는 눈 뜨기가 무섭게 '오늘은 뭐 해요?'를 보내지 않았던가.

그런데 역으로 생각해보니, 그때에는 눈 뜨자마자 그 사람의 연락을 기다리지 않았다. 따라서 연락이 오후 늦게까지 안 오더라도 서운하지 않았다. 변한 것은 피차일반이었던 것이다. 그럼 난 언제부터 그 사람과 매일 연락하는 것을 당연하다고 생각했을까? 그것은 그 사람과 내가 어떤 특정 관계 안에 들어왔다고 여겼을 때부터였을 것이다. 소위 그냥 썸에서 정식으로 여자 친구, 남자 친구로 사귀는 사이가 되었다고 여겼을 때부터.

　연락, 연락, 연락……. 도대체 관계에서 연락이 무엇이기에 연락이 관계를 피하게까지 만드는 걸까?

　인터넷을 뒤져보면, 연인들 사이에 가장 흔하게 다투게 되는 첫 번째 요인이 바로 이 연락이다. "남자 친구가 연락이 안 돼요", "여자 친구와 연락 빈도수가 맞지 않아요" 등등.
　심지어 어떤 사람은 관계는 연락이 그 본체라고까지 한다! 연락을 귀찮아할 거면 연애도 하지 말아야 한다고.
　그럼 도대체 연인 사이에 연락은 하루 몇 번이 적합한 것일까?
　어떤 이는 하루에 세 번 연락은 기본이라고 한다. 일어나서, 일과 중에 그리고 귀가 혹은 자기 전에. 또 어떤 사람은 그건 과하고 한 번 정도면 충분하다고 한다.
　또 어떤 사람은 도대체 용건이 없는데 왜 연락을 하냐고 한다. 그냥 용건 있을 때 혹은 만나는 약속을 잡기 위해 하는 정도면 충분하지 왜 의무적인 연락을 해야 하냐고도 한다.

그럼 또 연락은 어떤 형태여야 하는가?

어떤 사람은 그 연락의 방법이 전화여야 한다고 하고, 어떤 사람은 전화는 괜히 길어지고 불편하니 톡이면 충분하다고 한다.

그럼 그 연락은 어느 정도의 길이여야 하나?

어떤 사람은 내 연인이 지나치게 형식적인 안부만 묻거나 단답형으로만 답해서 서운하다고 하고, 또 어떤 사람은 할 얘기도 없는데 잠잘 때까지 자신과 수다 떨어주길 원하는데 아주 지친다고 투덜대기도 한다.

연락 문제는 가장 흔한 이별 사유 중 하나다. 심지어 이놈의 연락 때문에 만남조차 이뤄지지 않는 경우도 봤다. 소개팅 전에 본인에게 미리 연락하지 않았단 이유로 말이다(물론 약속 날짜는 잡혔다. 그런데도 '안녕하세요. 주말에 뵙기로 한 홍길동이라고 합니다. 곧 뵙겠습니다. 좋은 하루 보내세요'라는 매너 연락을 하지 않았다는 이유로!).

폼 클렌징으로 거품을 내어 얼굴을 닦았다. 폼으로 대강 문지르고 수건으로 대강 문댔다. 생각이 급해서였다. 냉장고에서 맥주를 하나 꺼내어 입에 넣었다. 그리고 계속해서 생각을 이어갔다.

일단 연락을 배제한 채 관계가 어떻게 이루어지는지에 대해 차근히 생각해보고 싶었다. 생각이 깊어지면 맥주가 맛있어진다.

관계를 이루게 될 때 서로의 마음은 어떤 것들인가. 여러 특별한 듯한 순간들. 그러나 나도 겪고 남도 겪고 다들 아는 그 과정들을 머릿속으로 그려보았다. 복잡다단한 것 같았으나 정리가 되었다. 가만 보면 다 비슷비슷했다. 그것은 궁금한 마음, 보고 싶은 마음, 걱정되는 마음의 혼합이었다.

초반일수록 궁금한 마음이 앞선다. 직장에서는 어떤 모습인지, 퇴근 후에는 무엇을 하는지, 주말에는 어떤 취미를 갖는지 그의 일상이 궁금해진다. 그가 내게 커피를 건넨 것은 무슨 의미인지, 그가 내게 취미가 무엇이냐고 물은 것은 무슨 의미인지 모든 것이 궁금하다. 주변인들에게 시시콜콜 묻기도 한다. 이게 무슨 의미일까? 설렌다.

그런데 가만히 보니, 이때까지는 연락이 없다는 이유로 화를 내지는 않는다. 오히려 연락이 온다는 사실 그 자체에 순수하게 기쁠 뿐이다.

그렇게 조금 더 친밀해진다. 주말은 서로를 보는 날로 암묵적으로 정해졌다. 걸을 때는 자연스레 손도 잡고 팔짱도 낀다. "보고 싶네요"라는 말을 꺼내도 어색하지 않다. 정말로 보고 싶은 마음에 '자의'로 서로를 만난다. 정말 보고 싶은 마음에 '자의'로 서로에게 연락을 한다.

하지만 기대하면 실망하게 된다. 이때부터는 연락이 없다는 사실(물론 사람마다 그 빈도수는 다르다. 반나절 동안 없어도 연락이 없다 느끼는 사람이 있고, 며칠은 지나야 연락이 없다 느끼는 사람도 있다)에 조금 덜 너그러워진다. '뭐지?' 싶긴 하지만 그래도 불같이 화내기까지는 않는다. '바쁜가 보네'라고 이해도 되고, 닦달하는 모습 보여주고 싶지 않다.

그런데 애정은 걱정을 낳는다. 비가 오면 우산을 가져갔는지 신경이 쓰인다. 아프다고 하면 약은 먹었는지, 좀 나아졌는지 맘이 아파온다. 아직 귀가 전이라고 하면 괜스레 나도 잠이 안 온다.

그렇다.

바로 걱정이었다!

연락이 없으면 화가 나는 데에는 바로 걱정이 끼어들어서였다.

아마 처음에는 안부가 '걱정'이 되어서 묻고, 걱정할까 봐 '걱정' 되어 미리 알려주는 것에서 시작했을 것이다.

"나 집에 들어왔어요(걱정 말아요)."

"나 일어나서 출근했어요(걱정 말아요)."

"나 식사 잘했어요(걱정 말아요)."

"점심 잘 챙겨 먹어요(걱정되어서요)."

"비 오는데 우산은 챙겼나요(걱정되어서요)."

그런데 답이 없다? 슬슬 화가 난다. 사람 걱정하는데, 도대체 어디서 무얼 하는데 연락이 없는 것일까?

반대로 내가 어제 밤샌 줄 알면서도 '피곤하지 않느냐' 연락 한 줄 없다? 내가 집에 갔단 말도 없는데 '집에는 갔어?' 하고 묻지도 않는다? 이 인간은 내가 걱정은 되기는 하나 또 화가 난다.

그래, 걱정이었다.

애초 사랑하니 챙겨주고 싶고, 사랑하니 걱정이 되어 물어주고 연락을 한다는 것이 그만 애정도 리트머스지가 되고, 서로의 화를 돋우는 수단이 되고 만 것이다.

그러다 보니 딱히 걱정이 안 되고 딱히 궁금하지 않아도, 연인의 기본은 물어봐주고 걱정을 해주는 것이라고 한다. 어디서 뭘 하는지 이제는 불 보듯 빤히 다 알고 있는데도 말이다. 나 없이도 몇 십 년 밥 잘 먹고 출퇴근 잘하던 사람인데, 연인이 되기로 했다는 이유로 늘 챙겨주어야 한다.

"오늘은 대학원 가는 날이지? 잘 다녀와."

"오늘은 야근한다고 했지? 피곤할 텐데 뭐라도 챙겨먹어."

배고플 때의 음식이야 누가 권하지 않아도 허겁지겁 먹게 되지만, 배부를 때의 음식을 억지로 먹는 것은 곤욕이다. 알지 못해 궁금할 때야, 알고픈 맘에 자연스레 이것저것 묻게 되지만 그 동선을 빤히 아는데도 계속 물어봐줘야 하는 것은 꽤 곤혹스러울 수도 있다.

하지만 해야 한단다. 심지어 어떤 댓글러는 관계의 기본은 연락을 잘하기로 약속하는 것인데, 연락이 귀찮은 사람은 관계도 맺어서는 안 된다고 열변을 토했다. 그리고 위 댓글에 '좋아요'가 수백 개였다.

어느 책에서 본 에피소드다. 한 인도 사원에서 고양이를 키웠는데, 가르침 중에는 고양이를 미리 기둥에 묶었다고 한다. 방해가 될까 봐서였다. 그런데 어느새 그것이 잘못 와전되어 이후 선생님이 돌아가신 후에도 늘 가르침 전에는 없는 고양이까지 구해와 일부러 묶고 가르침을 시작했다고 한다. 의식이 되어버린 것이다(『먹고 기도하고 사랑하라』일 것이다).

관계와 연락이 이렇게 된 느낌이다. 좋은 맘에 연락을 하게 되었으나, 일단 고양이부터 묶고 시작하듯 성스러운 의무가 되고 말았다.

그런데 사람들이 말한다. 그 연락이라는 의식은 유독 한국식 연애에서 중시된다고 말이다.

흥미롭다.

일본인도 유럽인들도 미국인들에게도 하루에 몇 번씩 기상 여부 및 취침 보고를 하는 연애 문화가 있지 않다고 한다. 이 때문에 한국 여성과 유럽 남성이 만나면 많이 싸운다고 한다. 왜 그런 것일까?

나는 이 또한 '걱정'이라는 심리에서 답을 찾고 싶다. 한국인들은 유독 걱정이 많다. 부모가 자식을 지나치게 걱정하고 보살핀다. 부모는 그걸 사랑이라고 부르고 자식도 그게 사랑인 줄 알고 큰다.

그런 사랑을 받고 자란 자식이 사랑을 걱정으로 표현하고, 그 표현의 수단은 늘 연락이 되곤 한다. 그래서 부모는 늙고 나면 장성한 자녀에게 연락을 기다린다. 걱정을 받고픈 것이다.

이처럼 한국 연인들은 관계에서 유독 여전히 걱정을 받고파 하고, 유난히들 걱정을 하고파 한다. 한국 여성이 혀 짧은 소리로 "오빠 나 곰꿈꿔떠"라고 안기면, 한국 남자들은 자지러지지 않는가(반면 그 혀 짧은 애교를 서양 남자들은 절대 이해 못한다고 한다. 대체 왜 다 큰 성인이 어디 부족한 사람처럼 구나고).

누군가에게 기대고 걱정 받고 케어해주고 하는 것을 연애라고 생각하는 것 같다. 그래서 엄마처럼 굴고, 아빠처럼 굴고, 오빠처럼 군다. 가족 내 호칭이었던 '오빠'가 어느새 남성 연인을 부르는 명사가 된 것도 이와 무관하지 않을 듯하다.

결국 걱정 받고 케어해주는 것이 관계라는 생각이, 바로 관계의 본질이 연락이라고 여기게끔 했다는 것이 나의 결론이다.

그러자 자연스레 따라오는 의문…….

그렇다면 서로 편안하게 내버려두는 것이 관계의 본령이라고 여긴다면 그때에는 연락이 어떤 형태로 이루어질 것인가?

다른 사람을 만나지 않는다는 최소한의 약속, 우리는 서로를 그래도 사랑하고 있다는 최소한의 마음, 그것은 어떤 형태로 표현될 것인가?

궁금해졌다. 한 번쯤은 이런 관계에 도전해보고 싶다.

좋아하는 감정을 증명하고 증명받기 위해

과도하게 연애의 장치를 하는 것은

삶의 주변에 그물을 치고 지뢰를 깔아놓는 것과 같아서

결국엔 서로에게 치명상을 남긴다.

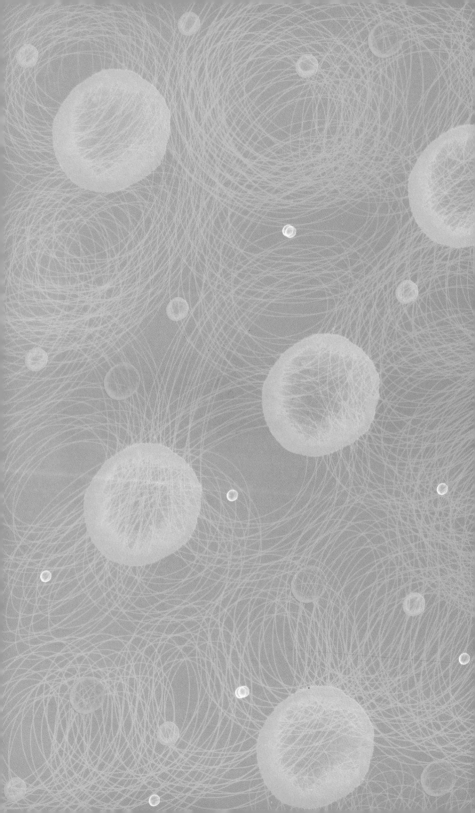

해도, 안 해도 후회라면
어느 쪽이 옳을까?

"결혼하면 다 똑같아"의 함정

일찍 결혼한 친구를 만났다. 일찍 결혼을 했다는 것은 연애 경험이 몇 번 없다는 사실을 뜻한다. 그들은 그래서 대체로 연애에 대한 환상을 가지고 있다.

여전히 풋풋하고 설렐 것이라고들 생각한다. 그래서 미혼인 친구를 보면 가장 먼저 묻는 게 늘 "누구 만나는 사람 없어?"다.

아마 그 즈음이 그 나르시시스트 분당남과 헤어진 직후였을 것이다. 그 남자 이야기를 해주었다. 그런데 그 친구는 의외의 반응을 보였다. 결혼하지 그랬냐는 것이다. 재력도 있어 보이는데, 결혼하면 나아질 수도 있지 않았냐면서. 결혼하면 다 똑같다고.

과연 그럴까? 그 친구에게 다음 에피소드들을 소개하고 싶다.

25

"결혼하면 다 똑같아"
나르시시스트의 위험성 2

분당남을 나르시시스트로 소개한 적 있다. 자기 속의 6살짜리 아이를 감추기 위하여 늘 스스로를 부풀리고 남을 짓밟아야 맘이 평온해지던 그 성격 이상자.

그 사람에 대해 좋은 감정은 단 한 개도 남아 있지 않으나, 그렇게 된 그 사람에 대하여 일말의 동정은 있었다. 그도 살기 위해 나르시시스트가 되었으려니. 부정적 감정을 처리할 줄 몰라 밖으로 그렇게 내뿜는 것이려니. 비록 그를 사랑할 수는 없지만 말이다.

그 동정마저 사라졌다. 그는 단지 아픈 사람이 아니라 악한 사람이었다.

그는 내 핸드폰의 사진이며 문자를 나 몰래 백업해서 보관하고는 하지도 않은 일을 꾸며서 말하고 다녔다. 남자들 특유의 허세나 과장 정도가 아니었다. 그가 나를 여자 친구라고 부르는 동안 나는 그와 한 번도 잠자리를 가진 적이 없다. 나 또한 이유를 알 수 없었다. 이유를 물으면 그때마다 이유가 달랐다. 아예 시도를 하지 않았다. 나중에는 무언가 그에게 신체적 문제가 있나 보다 싶었다.

그런데 그 사실 자체가 그에게는 무척이나 상처였나 보다. 자신이 시도하지 않고선, 시도도 못했다는 그 사실이 스스로에게 콤플렉스였나 보다.

나르시시스트답게 그는 또 거짓으로 자신을 꾸미기로 결정했다.

그가 나와의 잠자리를 꾸며 말하고 다녔다는 사실을 알게 된 것이다. 저속한 단어들과 함께 말이다. 나를 '자빠뜨리는' 데에 5개월이 걸렸고, 한 번 관계를 갖자 하룻밤에 세 번도 매달리더라……. 당연히 사실이 아닐 뿐 아니라 설령 사실이더라도 그는 50대다. 10대가 아니다. 저런 이야기를 술자리에서 한다는 것 자체가 그는 도대체 어떤 수준의 인간인 것인가.

더 놀라운 것은 그가 내 핸드폰 속 캘린더의 일정, 내가 구별해서 보관해놓은 갤러리 사진들도 다 갖고 있었다는 사실이다. 그곳에는 내 사적인 사진들, 예컨대 침대 위에서 셀카 놀이한 사진들도 다 가지고 있었다고 했다.

나르시시스트 분당남이 내 캘린더 일정까지 갖고 있더라는 이야기를 전해준 사람은 그중 특정 월에 내가 '1회/6회', '2회/6회' 등을 적은 것을 보았다고 했다. 그걸 보았다면 그분이 정확하게 본 것이 맞고, 분당남이 내 캘린더 일정까지 챙겼다는 사실도 맞다. 그런데 그 인간은 내가 적은 그 숫자를 자신과의 잠자리 숫자라고 떠벌리고 다녔다고 했다.

턱도 없는 거짓이었다. 그것은 그의 술자리 횟수였다. 그는 알코올 중독 수준으로 술을 마셨다. 당연히 싫은 소리도 해보았다. 그러나 몇 배로 화가 돌아왔다. 그 후로는 그냥 두었다. 어차피 고쳐질 사람이 아니었다. 그런데 음주의 정도가, 적당히 혼자 즐기는 것이 아니라, 새벽 6시까지 술을 마시고 이틀 가까이 연락 두절인 경우가 일주일에 서너 번이었다(그러면서 집에서 내가 혼자 맥주 한 병 하는 것은 견디질 못하였다. 혼자서 집에서 마시는 게 더 끔찍한 일이라면서. 어떤 경우든 늘 자신의 우월성을 확인하고자 했다).

그러다가 구정 무렵이었을 것이다. 새해부터는 자신이 한 달 동안 술자리를 매주 1회씩, 즉 4번만 가지겠다고 했다. 나는 현실적으로 8회가 어떻겠느냐고 제안했고, 협상 본 것이 6번이었다.

그래서 총 6번을 어기면 내게 100만 원을 내겠노라고 새해 약속을 하기에 그가 술 마신 날을 따로 기록했던 것이다. 물론 그는 지키지 않았고, 나는 적다 말았다.

도대체 어떤 지독한 콤플렉스를 가지면 저 수준의 거짓말이 아무렇지 않을 수 있는 것일까. 그에게 필요한 것은 치료인가, 처벌인가. 분명한 것은 내가 굳이 알 필요도 없고 이해할 수도 없는 콤플렉스다.

과연 이런 사람과 결혼을 했음 나는 어찌 되었을까?

나르시시스트들을 단지 성격이 더럽고 이기적인 사람 정도로 과소평가해서는 안 된다. 더러워도 참고 비위 맞출 수 있는 수준이 아니다. 자신들의 자존심을 드높이기 위해서는 남을 발로 밟고 뭉개면서도 낄낄 웃는 인간들이다. 소시오패스다.

26

결혼 후 생긴 공황장애

엠마(영화 〈엠마〉의 여주인공처럼 누구에게나 따스하고, 고전적인 느낌이 있다)는 차분해 보이는 외모에 조곤조곤한 말투를 가지고 있다. 그녀는 꼼꼼한 성격 덕에 일도 잘했다. 남녀 모두 호감을 가지는 성격이었다. 하지만 그녀는 이런 자신의 성격을 "사랑받고프나 외모가 받쳐주지 않아 성격으로 승부 볼 뿐"이라고 냉정하게 말했다.

엠마는 일을 하면서 현재 남편이 된 '형'을 만나게 되었다. 둘 다

적당히 결혼 적령기를 지난 나이였다. 일 호흡이 잘 맞았다. 이제 와 엠마는 말한다.

"그래서 착각했어. 같이 일하는 게 즐거운 걸, 서로 좋아하는 줄 알았나 봐."

난 엠마의 이런 똑똑한 면이 무척 좋았다.

그런데 남편인 이 '형'이라는 남자는 그 즈음 전 여자 친구와 헤어지고 힘들어하던 참이었다. 그래서 엠마에게 호감은 표하되 다가가지는 않았다. 그러자 엠마는 이 형이 더 탐이 났다. 그래서 본인이 나아갔다. 그렇게 둘은 연인이 되었고 1년 후에는 부부가 되었다.

"결혼하면 괜찮을 줄 알았지."

남자는 집에 잘 안 들어왔고 여자는 그런 남자를 미워하기 시작했다.

엠마는 알게 되었다. 남자가 '결혼을 해주었다'라고 생각하고 있다는 것을. 자신으로서는 최선을 다해주었으니 더는 애쓰고 싶지가 않은 것이었다. 관계 유지를 위한 그 어떤 노력도 말이다.

하지만 그 정도에 만족하려고 결혼하는 여자가 세상에 몇이나 있겠는가. 그냥 유부녀이기만 하면 된다, 라는 마음가짐으로.

그래서 '왕자와 공주는 결혼해서 오래오래 행복하게 지냈답니다'에서 우리 여자들이 감동했던 지점은 '결혼' 그리고 '오래오래 행복하게 지냈답니다' 둘 다였다. 그저 결혼만에 감동할 수 있는 단순한 존재들이 아니다.

둘 사이에 어떤 극적인 사건이 있었던 것은 아니다.

한쪽은 바라나 한쪽은 모르는 척하기를 반복하고, 모르는 척하는 것이 미안한 나머지 슬며시 다가가면 이번에는 반대쪽이 뿔이 나서 내치고…… 그렇게 더 멀어지고. 이렇게 살며 8년이 지날 즈음 엠마는 결국 남편의 호칭을 휴대 전화에 '형'이라고 입력했다. 그렇게 포기하면 괜찮을 것이라고 웃으며 이야기했다.

그러나 오산이었다.

우리 둘이 함께 오랜만에 점심을 하기로 했다. 서로 오랜만에 본다며 설레어했다. 그러나 보기 한 시간 전쯤 엠마로부터 연락이 왔다.

"강변북로인데요, 숨을 못 쉬겠어요. 죽을 것 같아요. 119를 불렀어요."

그녀는 8년간 참고 또 참았다. 사랑받지 못해도 견딜 수 있으리라 믿고 웃었다. 아니었다. 그녀의 뇌는 계속 고문당하고 있었다.

　그렇게 공황장애가 오고야 말았다.

　마땅히 사랑받아야 할 사람으로부터 충분한 사랑을 받지 못한다는 것은 뇌에 대한 고문이었다. 결혼하면 해결될 줄 알았는데, 결혼하여 병을 얻고야 말았다.

27

결혼의 의미
양화대교 위에서

평소 알고 지내는 사업가 M을 만나고 돌아가는 길이었다. 양화대교를 건너는데 뒤차가 빠앙 하고 클랙슨을 울린다. 퍼뜩 정신이 들어 그제야 핸들을 제자리로 돌렸다. 차가 대교 가장자리 안전 펜스 쪽으로 향하는 줄도 모르고 정신을 놓고 있었던 것이다.

M이 내게 한 말 때문이었다. 그 말이 머릿속을 떠나지 않고 뇌세포 하나하나에 들러붙어서 판단을 둔하게 만들고 있었다.

"알죠, 그 와이프?"

우리는 M과 내가 동시에 아는 S라는 사람에 대한 이야기를 나누고 있었다.

S라는 사람에 대하여 우선 말하자면, 나는 그를 몇 해 전에 처음 알게 되었다. 단둘이 만날 만큼 가까운 사이는 아니었지만, 식사 자리를 함께한 적은 여러 번 있었다.

알고 보니 그는 나와 같은 아파트 단지에 살고 있었다. 그런데 놀라운 일은 그의 아내와 이제 갓 돌 지난 아들은 앞의 다른 브랜드 아파트에 산다는 것이었다. 이혼 상태였던 것도 아니었다. 멀쩡히 결혼한 상태였고, 심지어 사이도 좋다는데 이른바 '각집'을 하고 있는 것이었다.

S의 버전으로 그 특이한 각집의 사유를 들었는데, 그 사유는 내가 지금까지 들었던 대한민국 내의 혼인 상태 중 가장 독특했다.

S는 늘 20살 가까이 어린 친구들 위주로 만났는데, 어쩌다가 말 잘 통하고 똑똑한, 몇 살 차이 나지 않는 노처녀를 만나게 되었다. 오래 만날 생각은 없었다고 했다. 그런데 당시 그 여자 친구가 "나는 더 늦기 전에 아이를 갖는 것이 꿈이야. 네게 신세 질 일 없으니 너는 정자를 제공하고 아이의 생물학적 아버지로 지내줘"라고 하였고, 그래서 딱 한 번 관계를 했는데 마침 아이가 생겼다고 했다.

그리고 아이가 생기자 아무래도 호적에 올려야 하니 혼인 신고를 하는 게 낫겠다고 해서 혼인 신고를 하고 '각집'에 살되, 일주일에 한 번 정도 식사를 하는 삶을 살고 있다는 것이었다. 실제로 그아내는 본인도 능력 있지만 아버지가 꽤 큰 기업의 오너였기에 딱히 양육의 부담도 없다고 했다.

당연히 물을 수밖에 없었다. 아내도 이 삶에 만족하냐고. "그렇다"고 했다. 그녀가 선택한 삶이라고. 그러면서 내게 문자 메시지를 보여주었다. '닭곰탕 했는데 와서 드실래요?'라는, 아주 일상적인 문자 메시지였다.

난 그때에는 그냥 그럴 수도 있겠다고 생각했다. 삶의 형태는 다양하니까. 그래, 부자들에게는 더 많은 옵션들이 존재하니까. 그선택권을 행사하며 살 수도 있을 거라고.

철저하게 남자인 S 버전의 말을 그대로 믿고 내 일이 아니라고 생각했다. 그런데 이 이야기를 듣고 있었는데 옆에서 누군가가 혀를 차는 소리를 했는데 우리 모두 못 들은 척했다.

"그러지 마. 들어가 살아, 임마. 그러다가 네 와이프 정신병 오겠다."

그러다가 M을 만난 것이었다. M이 물었다.

"S 아내 이야기 들었지요?"

나는 따로 살았다는 것, 그리고 S로부터 가장 최근에 들었던 "친정으로 들어갔다"는 이야기를 하고 있는 줄 알고 "네"라고 답했다.

"결국 스스로 목숨을 끊네요. 우울증이 심했나 봐요."

……몰랐던 이야기였다.

그 누군가의 말이 맞았다. "그러다가 정신병 오겠다"던.

빠앙! 하고 클랙슨 소리가 울릴 때 실은 눈물도 흘리고 있었다. 얼굴 한 번 안 본 분이지만 그녀에 대해 죄책감이 느껴졌기 때문이다. 남편이 그렇게 말하고 다닐 때 그 아내는, 내 이웃은 외로움과 고독에 몸부림치고 있었을 것이다. 그런데 나는 멍청하게도 남편 말만 믿고 그녀도 스스로 선택한 삶이니 만족할 것이라고 믿고 있었다. 나 또한 방조범처럼 느껴졌다.

그래, 어느 여자가 맘에도 없는 남자의 정자를 제공받아 그 산고를 겪고 아이를 낳아 키울까. 정말 부잣집 딸이어서 순수한 우성 유전자가 필요했다면, 더 젊고 키도 크고 잘생기고 머리도 좋고

인품도 훌륭한 남자를 골랐겠지!

그녀는 앞 단지 아파트에서 그를 기다렸을 것이다. 애 아빠인데, 그래도 오지 않을까? 내게 오지 않을까?

얼마나 외로웠을까? 아무에게도 그 고충 말 못하고 남들에게는 별일 아닌 양 내 선택이고 행복인 양 말하며 얼마나 비참했을까?

그 아픔이 얼마나 더는 참기 싫었으면, 결국 집에서 그런 극단적 선택을 하고야 말았을까.

그리하여 내 질문의 끝은 또 다시 이 문장으로 향했다.

도대체 관계가 무엇이기에!

관계를 오른손에, 자유를 왼손에 두고
과시하는 자들은
자신이 얼마나 우스워 보이는지
스스로만 모른다.

²⁸ 거짓으로 사랑을 꾸미려는 사람

친한 분의 여동생이 이혼 상담을 하고 싶다고 찾아왔다. 결혼 4년 차였다. 그녀는 남편 때문에 정신병이 올 것 같다고 말했다. 숨쉬는 것 빼고는 모조리 거짓말이라고.

그녀는 동양적인 눈매에 유독 검고 도발적인 눈빛이 꼭 가수 선미를 닮았다.

남편은 테니스 동호회에서 알게 되었다고 했다. 처음에는 나이도 많고 외모도 짧고 굵고 머리숱도 적은 등 전혀 자기 스타일이 아니어서 그 어떠한 궁금증도 가진 적이 없다고 했다. 그러나 사별한 싱글이라고 밝히며 자신에게 너무나도 적극적으로 나오고 물량 공세를 퍼붓기에 결혼까지 하게 되었다고 했다.

그런데 그녀의 남편에게는 치명적인 문제가 있었다. 바로 허언증이었다. 학력, 재산 등을 숨긴 것은 말할 것도 없다. 다행히 빚쟁이가 재력가를 사칭한 것은 아니고 대출이 있을지언정 본인 명의 아파트와 어느 정도의 예금은 있어서 과거의 버릇이려니 하고 넘어간 것이 화근이었다.

그는 마음이 여렸으나 도무지 거짓말을 참지 못했다. 아니, 즐기는 듯했다. 그녀 입장에서는 이해할 수 없는 거짓말들을 늘어놓았다. 예컨대 저녁을 먹고서도 안 먹은 척했다. 왜냐고 물으면 "그래야 네가 날 안쓰러워하니까"라고 답했다.

집에서 늦게 출발해서 약속에 늦으면서 "주차장에 나가려는데 옆집 아주머니 차가 고장이 나서 못 나가기에 내 차에 연결해서 견인해줬어"라는 구체적인 거짓말을 꾸며서 친구에게 말하는 것도 들었다. 왜 그런 거짓말을 하느냐고 물으니, "늦게 출발했다고 하면 그 친구가 서운해할까 봐"라고 답했다.

남편의 거짓말이 이 정도이기만 했으면 그녀는 이혼을 결심하지 않았을 것이다.

그는 전처와 낳은 아이의 숫자도 속였다. 줄였냐고? 아니, 늘렸다. 전처와 낳은 아이가 둘인데 넷이라고 하였다. 그래놓고 아주 구체적인 사건까지 이야기했다.

"넷을 데리고 식당에 가면 다들 쳐다봐. 조카들 아니냐고."

"어렸을 때 한 명은 어깨에 태우고, 두 명은 양손에 잡고, 또 한 명은 엄마 손 잡고 그렇게 등산 다니고는 했지."

심지어 이름까지 한 명 한 명 다 말해주었다. 아니, 대체 어떤 악당이 숫자를 줄이면 줄이지 늘려서 말하는가.

가수 선미를 닮은 그녀가 아이들을 못 보고 결혼했던 이유는 해외에 있다고 했기 때문이다. 모두 해외에서 유학 중이고, 코로나 시국이라 못 들어온다고. "하지만 아이들이 정말 당신을 보고 싶어 해"라면서 첫째 딸이 썼다는 문자 메시지도 전달해주었다. 보고 싶고 감사하다는 내용이었다.

그러던 중 밤에 한 번씩 보이스톡을 걸어오는 사람의 이름이 늘 한결 같은 것을 알게 되었다. 남자 이름이고 직함은 대표로 되어 있었다. 처음에는 해외에 사는 친구라기에 그런가 보다 했는데, 수시로 전화가 왔고, 전화가 왔다 하면 꼭 방에서 나가 받았다. 그동안 모르는 척하고 지내다가 한번은 남편이 거실에서 통화하는 동안 슬쩍 방문에 귀를 대보았다.

"응, 집에 왔어. 아니야. 밥 잘 챙겨먹고. 그래, 일 잘 나가."

다정하고 부드러운, 자신에게도 해주는 그런, 여성을 향한 말투였다. 누구냐고 묻자, 남편은 돌연 화를 냈다고 했다. 몇 번을 설명해야 하느냐고. 외국에 사는 친구라고 하지 않았느냐고. 그러면서 전화기를 내밀어 보고 싶으면 실컷 보라고 했다.

그녀는 남편이 전화기를 내밀었을 때 자존심 생각하지 말고 확인했어야 했다. 그러지 않은 것을 두고두고 후회했다. 그랬다면 4년을 눈 뜨고 당하지는 않았을 텐데.

그 외에도 그의 사소한 거짓말은 계속되었다. 그는 저녁 약속이 있으면서도 그녀가 "오늘 저녁 집에 일찍 올 거예요?"라고 물으면 "응"이라고 답했다. 그래서 저녁 식사 준비를 해놓고 기다리고 있으면 느닷없이 "진짜 미안해. 갑자기 누가 찾아와서 30분만 대화하다 갈게"라고 하고서는 4시간 뒤에 나타났다.

화도 내고 울기도 하고 사정도 했다. 제발 그냥 사실대로만 말해 달라, 맥없이 기다리고만 있지 않게 해 달라……. 그는 "알겠어, 알겠어. 내가 마음이 약해서 그랬어"라고 했지만 나중에도 같은 일이 되풀이되었다.

또 보이스톡이 울렸다. 한밤중이었다. 남편은 "이 친구 술 먹었나 보다, 에잇" 하면서 거절을 누른다는 게 실수로 받기를 눌렀다.

"어디예요? 왜 계속 전화 안 받아?"

여자 목소리였다.

어디예요? 이것을 묻는 것은 만나는 여자의 권리다. 어디예요…… 너무나 당연한 것을 묻는다는 듯한 그 말투. 어디예요…….

남편이 허둥지둥 전화를 껐다. 실랑이 끝에 전화기를 빼앗았다. 그 길로 다른 방에 들어가 문을 잠가버렸다.

주고받은 톡은 다 지워지고 없기에 덜덜 손을 떨며 그 친구라고 저장된 이름으로 보이스톡을 다시 눌렀다. 일부러 스피커폰으로 했다. 남편은 처음에 문을 두드리고 열려고 하더니 이내 포기한 듯 멈추었다.

여성이 전화를 받았다. 그녀가 물었다. 나는 이 사람과 결혼해서 4년째 사는 사람이다. 누구시냐?

그 여성이 답했다. 나는 그 사람의 전처이고 아이들 엄마다.

사별했다는 그 사람은 미국에서 잘살고 있었다. 네 명이라던 아이는 두 명이었다. 그 두 명은 그녀의 존재를 아예 몰랐고, 전처는 이 사람의 간곡한 부탁에 마음이 넘어가 한국에 돌아와 다시 합칠 생각을 하고 있었다. 그사이에 한국에서 재혼했다는 사실은 꿈에도 몰랐다고 했다. 몇 년간 수시로 톡을 하고 영상 통화도 했다고, 자신에게 생활비도 보냈다고.

한여름인데도 돌연 한기가 돌았다. 피의 흐름이 멈춘 듯했다. 생각이 멈추고 감정도 멈추었다. 이 일이 생기고 사흘째에야 잠들 수 있었다. 그것도 수면제를 먹고서야.

하지만 남편이라는 인간은 지독했다. 지독하게 매달렸다. 끝없는 핑계, 거짓말, 남 탓……. 그는 결코 헤어질 생각이 없어 보였다. 그래서 날 찾아온 것이었다.

그리고 남편도 나를 찾아왔다. 아내의 변호사인 것을 알고 찾아온 것이다. 부디 자신의 아내를 설득해 달라며. 그 용기가 가상

해서 만났다. 그리고 혹 내 의뢰인의 말이 백 퍼센트 사실이 아닐 가능성을 대비하고자 하는 마음도 있었다.

놀랍게도 전부 사실이었다. 더욱 놀라운 사실은 그 짧은 순간에 내게까지 거짓말을 한다는 점이었다. 그는 우리 회사의 다른 변호사를 잘 알고 있고 전에도 로펌에 온 적이 있다고 했으나, 그 변호사는 그를 전혀 알지 못했다. 거짓이 일상인 사람이었다.

그에게 물었다. 왜 거짓말을 했냐고.

그러자 그가 돌연 내게 화를 냈다. 자신은 거짓말을 한 적이 없다는 것이다. 자신이 아내에게서 돈을 빼앗았냐. 오히려 차도 사주고 생활비도 주었다(그것은 사실이었다). 다만 진실을 말하지 못한 것은 있지만 그게 다 아내를 위해서였다, 라고 항변했다. "마음 아플까 봐" 사실을 말할 수 없었다고.

그럼 전처에게는 왜 거짓말을 했냐고 물었다. 역시 또 화를 냈다. 자신이 거짓말을 한 게 아니라, 마음이 약해서 사실을 말 못한 것뿐이라고. 타지에서 외로워하기에 애 아빠로서 위로를 해준 건데, 혼자서 재결합을 꿈꾼 것이고, 또 "마음 아플까 봐" 칼같이 끊을 수가 없었다고.

　가장 궁금한 것을 물어봤다. 아이들 수는 왜 속인 거냐고. 그 이유가 최고로 황당했다. 그냥 남들이 난 애가 둘이다, 셋이다 하기에 재미로 '난 넷이다'라고 했던 것인데, 그대로 믿기에 그대로 두었을 뿐이라고.

　그는 재산상의 피해를 주지 않는 이상 거짓말을 거짓말이 아니라고 생각했다. 그것은 그냥 사실을 말하지 않은 것에 불과하고, 사실대로 말하지 않은 것은 상대를 위해서라고 했다.

　"변호사님도 그렇잖아요. 골프 칠 때 남들이 오비(아웃 오브 바운스)가 나도 '그냥 가보자. 있을 거야' 하잖아요. 정 없이 어떻게 사실 그대로 말합니까?"

　내가 답했다. "전 오비면 오비라고 칼같이 말합니다."

　그는 거짓말에 아무런 죄책감이 없는 사람이었다. 도리어 사람의 마음을 달래는 사탕이라고 생각하는 듯했고, 심지어 유희이기도 했다. 그는 오히려 진실을 불신했다. 그래서 그는 거짓 앞에서 당당했다. 사랑했으니 거짓말했지. 그는 또 누군가를 사랑한다면서 거짓말 엔진에 시동을 걸고 있을 것이다.

도대체 어떤 마음의 구멍이 있기에 이토록 거짓에 당당할까.

우리의 연애가
실패할 수밖에 없는 이유

그랬다.

마음에 구멍이 잔뜩 난 사람일수록 사랑에 적극적이다. 킬리만
자로의 표범처럼 사랑을 찾아 밤낮없이 헤매고 다닌다. 자신이 사
랑을 줄 상대를 찾는 것이 아니다. 자신에게 부모도 줄 수 없는 무
한대의 사랑을 줄 상대를 찾는 것이다.

영화 〈노트북〉에서 노아(라이언 고슬링)가 놀이공원에서 목숨 걸
고 앨리(레이첼 맥아담스)에게 구애하던 장면을 기억할 것이다. 한

손으로 놀이기구에 매달릴 정도로 사랑에 목숨을 건다? 그 열정 무척이나 달콤해 보이지만, 이제 와 생각해보면 그 남자의 내면에는 여주보다 더 쓸쓸한 결핍이 있었을 것이다. 밝고 예쁜 부잣집 딸내미로 메우고픈 엄청 큰 싱크홀이 그 맘속에 있었기에 목숨을 거는 시늉까지 할 수 있었을 것이다. 살면서 그 결핍이 앨리를 얼마나 괴롭게 만들었을까.

알겠다.

그래서 우리의 수많은 연애는 결국 실패했다. 나의 연애도 그러했고, 거짓말쟁이 남편도 그러했고, 앞서 언급한 많은 예들이 다 그러했다.

연애를 해선 안 될 사람들이 더 적극적이었다. 굳이 사랑 필요 없다는 사람들 옆구리를 찌르고 팔을 비틀어 관계의 소용돌이 속으로 끌고 와서는, 이후 사랑이라는 이유로 무자비하게 군다. 그들은 상대를 유혹하기 위해서는 거짓말도 서슴지 않는다. 그리고 또 다른 사랑을 찾기 위하여 상대에 대한 배신도 아무렇지 않게 한다. 그게 뭐 대수겠는가. 자신의 결핍만이 세상의 중심인데 말이다.

혼자서 행복할 수 없는 사람이 무슨 수로 남과 함께 행복해질
수 있을까.

하지만 그들의 결핍은 우리 탓이 아니다. 그들의 결핍은 우리의
사랑으로 메울 수 있는 것이 아니다. 애초부터 우리의 책임도 아
니고 우리가 해결해줄 수 있는 것이 아니다.

종국에 그들은 우리에게 실망하고 만다. 우리가 얼마나 만신창
이가 되었는지는 관심 없다. 그저 우리가 그들의 기준에 맞지 않
는 사람이라는 것이 실망스러울 뿐이고, 둘 중 한 명은 거짓과 배
신의 이름으로 뒤돌고 만다.

우리의 연애가 실패할 수밖에 없었던 이유.

이것이다.

사랑을 해선 안 될 사람들이 사랑꾼 행세를 해댔던 것.

30 사랑이 항상 아름다운 건 아니다

그런데도 같이 있는 사람들이 있다.

45세의 그녀를 만났을 때 A 회장은 거의 60세였다. 투자한 온라인 사업이 대박이 난 덕에 그는 현금 수백억 원을 손에 쥐고서 편하게 지낼 수 있었다. 회장 소리도 들었다. 하지만 그는 그리 즐겁게 지내지는 못했다. 아내와 사이가 안 좋았고, 자식들은 모두 장성하여 외국에 살고 있었다. 전에 알고 지내던 친구들과는 이제 대화가 통하지 않았고, 새로 사귄 부자 친구들과 있자니 주눅이 들

214

었다. 그는 무척 가난하게 자랐고 키도 작았다. 골프도 늘지 않으니 흥미가 없었다.

　그러던 중 전남 여수에 놀러 갔다가 '맥주 양주'라는 간판을 달고 있는 오래된 선술집에 들어갔다. 여수 친구의 단골이라고 했다. 그 술집 주인은 자신이 아끼는 동생이라면서 45세의 여성 J를 동석시켰다.

　J는 A 회장의 비위를 아주 잘 맞추어주었다. 그리고 A 회장이 다음 날 서울에 올라간다고 하자, 손뼉을 치며 반가워했다.

　"저도 내일 서울 가야 하는데, 혹시 차 얻어 타고 갈 수 있나요?"

　그렇게 해서 그 둘은 다음 날부터 연인이 되었다. 왜냐하면 서울에 도착한 뒤 J와 A 회장은 함께 식사를 하였고, 식사를 마치자 J가 피곤하다며 잠시 모텔에서 쉴 것을 제안했으며, 모텔에 들어가자마자 J는 샤워를 하겠다고 들어간 뒤 알몸으로 나왔기 때문이다.

　A 회장의 삶이 비로소 즐거움으로 채워졌다. 무채색의 삶이 갖가지 천연색으로 칠해졌다. 나이 육십에! 이제 삶에 낙이라고는 없다고 생각하던 즈음에. J는 A 회장의 어떤 이야기도 경청했고, 어떤 요

구든 다 들어주었다. 화를 내는 법이라고는 없었다. 애교 덩어리 천사였다. 노상 윽박지르던 아내와는 다른 종류의 여성이었다.

A 회장은 더 이상 외롭지 않았다. 그리고 꿈꾸었다. 이제 남은 생은 이 여인과 함께하리라. 그렇게 A 회장은 아내와 이혼하고 J와 새 가정을 꾸렸다.

그의 잘못이 무엇일까? 아내를 두고 다른 (상대적으로) 젊은 여인을 만난 것이 죄일까, 그 젊은 여인을 믿었던 것이 죄였을까? 전처는 아마도 인과응보라고 고소해할 것이다. 그렇다. 그런 일이 일어났다. 무척 빠르게. 그리하여 더욱 잔혹하게.

J는 아이를 갖고파 했다. 아이를 갖는 것이 꿈이라고. A 회장은 처음에는 거부했다. 전처와의 사이에 낳은 아이들도 있고, 무엇보다 이미 정관수술을 했다고. J는 포기하지 않았다. 울산 어느 곳을 가면 묶은 것을 풀지 않아도 정자만 채취해주는 곳이 있다고 하니, 그렇게 채취해서 시험관을 하자고 했다. A 회장은 J의 말을 들어주고 싶었다.

그렇게 나이 60이 훌쩍 넘은 나이에 여아를 얻게 되었다. 막상 낳고 보니 예뻐도 너무 예뻤다. 인생의 새로운 목표가 생겼다.

　하지만 정작 그토록 아이를 원한다고 했던 J는 미국에서 친한 언니와 화장품 수입 사업을 하겠다면서 미국과 한국을 오가느라 아이를 제대로 볼 틈이 없었다. J가 바빠지면서 생긴 삶의 공백을 아이가 메꾸어주었다. J가 사업 자금을 요구하면서 미국으로 보낸 현금이 야금야금 20억 원을 넘었지만 A 회장은 그래도 J가 좋았다. 이리 예쁜 딸아이도 낳아주었고, 한국에 오기만 하면 그 누구보다 자신에게 다정했기 때문이다. 늘 고맙다고 하였고, 늘 당신이 최고라고 하였다. 전처로부터 들어본 적 없는 말이었다.

　이제부터 빠른 스토리가 이어진다. 제보 전화 한 통으로 진실이 밝혀졌다. J와 사이가 틀어진 한 여성이 알려주었다.
　A 회장은 온몸의 피가 빠져나가는 듯했다. 온몸이 싸늘해졌다.
　그 여성이 말했다. J가 미국에서 사업하는 줄 아느냐고. 아니라고. 연하의 골프 레슨 프로랑 살림 차려서 살고 있다고. 당신이 애지중지하는 그 딸아이가 당신 애인 줄 아냐고. 아니라고. 그 남자 애라고.

유전자 검사를 해보았다. 그 여성 말이 맞았다.

A 회장은 J의 집안이나 학력, 재력을 상관하지 않았다. 물어본 적도 없었다. 외모? 솔직히 빈말로라도 예쁘다 할 수 없었다(작은 키, 퉁퉁한 몸, 두꺼운 목, 납작한 이마, 작은 눈, 툭 튀어나온 광대와 턱). 하지만 그녀는 다정했다. 그것 하나만 봤다. 나를 사랑해주고 내게 다정하다, 그것 하나였다.

그런데 그것이 가짜였다. 그것 하나만 봤는데 그것이 가짜였던 것이다. 사랑을 해서는 안 될 인간이 사랑꾼 행세를 했다. 거짓과 배신으로 점철된 관계였다.

A 회장은 J를 상대로 이혼 소송을 제기했다. 당연한 수순이었다. 그의 분노는 정상적인 사람이라면 이겨낼 수 없는 그런 것이었다.

하지만 A 회장에게는 분노보다 더한 감정이 있었다. 외로움이었다. 혹은 외로움에 대한 두려움이었다. 그의 주변에는 아무것도 없었다. 그 나이에 다시 누군가를 만날 자신이 없었다.

그는 J의 다정함이 그립다고 했다. 용서가 아니고서는 분노를 이길 방법이 없기에 용서한 것일까.

A 회장은 J와 다시 결합했다. "나도 살아야지 어떻게 해" 하면서 울며 비는 J를 A 회장은 다시 받아주었다. 그리고 손을 잡고 함께 J 친모의 기일에 참석했다.

난 이들의 관계를 보면서 사랑의 정의를 내리는 것을 포기했다. 거짓과 배신으로 점철되어도 끝내 이루어지는 그런 사랑이 있다. J의 다정함이 신뢰를 이겼다.

누군가에게는 사랑에서 신뢰가 우선순위가 아닐 수도 있다.

마무리?

왜 나라고 사랑을 모르겠는가.

깊은 신뢰로 이어진 관계의 그 아름다움을.

치매에 걸린 아내를 지극하게 돌보는 남편의 다큐를 본 적이 있다. 그 아내는 남편을 기억하지 못하는 정도가 아니라 자신이 누군지도 모른다. 아내의 기억이 제로가 되었다면서 남편이 웃으며 말한다. 말을 끝내는데 이내 입매가 다물어진다.

눈빛이 울고 있다. 소리 없이 울고 있다.

그들이 어떤 삶을 살았는지 나는 모른다. 즐거움만 있지는 않았을 것이다. 그렇지만 현재 그들이 서로를 바라보는 눈빛은 서로에 대한 연민으로 가득했다. 모든 것을 다 이겨내고 이제는 그저 가여운.

그러나 모든 사람이 그런 관계 속에 있을 수는 없다.

공부한다고 해서 모든 이가 명문대에 들어갈 수 있는 것이 아니다. 공부가 힘든 사람이 있듯이 관계가 힘든 사람도 있다. 그리하여 어떤 사람은 관계 앞에서 노상 도망가기도 한다. 관계가 상실이었던 사람은 결국은 끝이 보이는 그 결말에 도달하기 전에 먼저 도망가고 만다.

그런데도 많은 이들이 결혼은 선택이라도 연애는 필수인 양, 관계를 안 갖고 있으면 마치 모자란 사람인 양 취급한다.

그래서 쓰게 되었다. 홀로 등산을 해도 "어머 왜 혼자 와요? 여자는 아무리 성공해도 결혼 못하면 실패한 삶이에요"라며 끊임없이 관계를 종용하는 사람들에게 하고픈 이야기다, 이 책은.

그래서 관계 속에 들어간 그 사람들은 마냥 행복할까?

남에게 끊임없이 관계는 필수라고 설파하는 사람들을 난 극한의 관계지상주의자들이라고 부르고 싶다.

그런데 이 극한의 관계지상주의자들 대부분은 정작 자신들은 만족을 모른다. 그들은 일상 속 소소한 즐거움을 혼자서도 얼마든지 즐길 수 있다는 것을 모른다. 그저 외로울 것이라고 단정한다. 왜? 그들이 그러니까.

그렇다면 그들은 관계 속에서 마냥 행복할까? 정작 그런 사람들은 보통 배우자가 옆에 있어도 불만이다. 자신이 외롭지 않게 끊임없이 대화해줘야 하고, 공감해줘야 한다고 생각한다. 함께 여행을 가서 카페에 앉아 있어도 또 대화해줘야 하고 자신의 얘기에 마냥 "그랬어?"를 해줘야 한다고 한다.

운동을 하러 가도, 취미생활을 하러 가도 마찬가지다. 안정된 관계 속에 있다는 것을 끊임없이 확인시켜주지 않으면 그저 남의 편인 사람이 되고, 남편이고 자식이고 죄다 내 말을 듣는 사람은 아무도 없다면서 서러워한다.

하지만 그것은 어쩌면 상대의 탓이 아닐 수 있다. 그것은 관계에 의존하는 자신의 문제일 수 있다.

관계란 짠 바닷물과 같다. 목이 마르다고 마시면 마실수록 목이 마른다.

그런 것이다, 관계란.

누구나 쉽게 가질 수 있는 것도 아니고, 가진다고 해서 마냥 행복하기만 한 것도 아니다.

그래서 난 지금 기다리며 지켜보고 있다. 무엇을 기다리는가? 새로운 인연?

아니다. 내 맘의 회복을 기다린다. 내 맘의 회복 정도를 지켜본다.

관계를 우선시할 맘이 없다.

그만큼의 가치가 없다, 관계는.

EPILOGUE

당신만 그런 것이 아니다

그래, 안다.

나는 관계의 열등생이다.

이 영역에서만큼 남에게 훈수를 많이 들어본 적이 없다.

열등생인 이유?

나는 혼자서도 잘 지내고 내 세계가 뚜렷하다.

그리고 내 결정에 대해서 상대에게 의견을 묻는 과정이 필요하
다는 것을 30대 후반에야 알았다.

남들은 타인의 감정을 고려해 말을 예쁘게 돌려서 한다는 것도 40대 초반에나 알았다(전달과 효율이 더 중요한 줄 알았건만).

내 연인 기분 좋으라고 없는 말들을 한다는 것을 안 것도 그 즈음이었다(솔직한 게 최고의 덕목인 줄 알았건만).

4주마다 뿌리염색을 하지 않으면 반은 백발인 중년이 되어서야 알게 되다니…… 배움에 빠른 편이라 자부했건만 이 영역은 분명히 예외였다.

이 중년이 한창 가임기이던 20~30대 무렵 나의 이런 성정들은 특히나 더 연애에 부적합했다. 게다가 내 상대인 남성들, 그들은 사회 상식이 부족한 여자를 연예 뉴스에나 관심 있다고 무시하면서 막상 자신보다 더 많이 아는 여자는 잘난 척한다고 꺼려했다.

그러니 나 같은 성정의 여성과 관계가 오래 지속될 리가…….

아니다. 다 핑계다.

더 잘나고 더 말 막 해대는 친구들도 다 연애하고 결혼했다. 심지어 두 번씩 했다.

솔직해지자. 내 가장 큰 하자는 '자유의 당연시'다.

내가 어린 시절 가장 자주 꾼 꿈은 운전을 하거나 수영을 하는 것이었다. 운전을 배우고 수영을 배우자, 나는 더 이상 그 꿈을 꾸지 않는다. 내가 제일 잘 배웠다고 생각하는 일이 바로 그 두 가지다. 비로소 나는 땅에서도, 물에서도 자유를 얻었다. 나에게는 그게 그렇게 중요했다.

왜 나라고 백마 탄 왕자를 꿈꾸지 않았겠느냐마는 이제는 안다. 백마 탄 왕자는 나 같은 여자를 좋아하지 않는다는 것을. 늘 성 밖의 상황을 두리번거리고, 성벽을 갑갑해할 사람을 어느 왕자가 데리고 가겠는가.

"넌 나만 바라보며 헌신적으로 사랑해주되 내 세계는 건들면 안 돼."

유익하고 재미있으며 감동도 주고 시청률도 잘 나오는 프로그램을 만들라고 닦달하는 방송국장의 주문과 같은 헛소리다.

자유가 중하다 보니, 작은 구속에도 예민해진다. 견디기 힘들어지고, 도망갈 핑계를 찾게 된다. 신은 내게 많은 것을 주셨지만 관계에서의 인내심은 주지 않으셨다. 난 백마 탄 왕자에게도 짜증을

냈을 것이다. 제발 다른 말 좀 타고 다니라고. 당신, 나르시시스트냐고.

관계를 잘 유지하는 사람들을 진심으로 존경한다. 하고픈 말을 줄이고, 하고 싶지 않은 말도 하고, 상대의 감정을 나의 감정보다 더 우선시하고, 나의 취향을 그 사람의 취향에 맞추어주고…….

장담컨대 그것은 재능이다. 수학 공식 외우는 게 쉬운 사람이 있듯, 다른 이의 감정을 맞추는 게 쉬운 사람들이 있다. 하지만 모든 사람이 공부를 잘하지 못하듯, 모든 사람이 그런 관계의 재능을 갖고 태어난 것은 아니다. 내가 그런 사람이었다. 40대가 되어서야 알다니, 이런 만학도가 다 있을까.

관계에 관한 재능이 없다 해도, 아니 열등하면 열등할수록 재능 있는 사람들이 품어주면 좋겠다. 내 친구 딸의 수능 점수를 묻지 않는 것이 불문율이듯 연애와 이별의 과정을 상세히 묻는 것도 실례라는 인식이 생겼으면 좋겠다.

이 책에는 온갖 관계의 상황들이 등장한다. 다소 극단적이라서 설마 이게 다 실화일까 싶을 수도 있을 것이다. 다 진짜 있었던 일들이다. 일부는 나에게, 일부는 다른 사람들에게.

물론 이보다 아름다운 연애사가 더 많을 것이다. 그런데 그 아름다운 이야기는 이미 영화, 드라마, 소설, 만화에서 몇 만 년 동안 잔뜩 다루었다. 그런데 이 이야기들이 과연 우리의 연애사에 얼마나 큰 도움을 주었을까(문화사 말고 연애사 말이다). 동화가 준 것은 상대적 박탈감이었다. 적어도 내게는 그랬다. 그저 그런 갈등, 쉽게 해주는 용서, 모든 걸 이겨내는 성숙한 자아들. 나만, 내 연애만 이리 못난 것인가?

그래서 이 글을 썼다. 나 같은 열등생들에게 위안을 주기 위하여. 당신만 못난 게 아니다. 당신만 힘든 것이 아니다.

이 글을 관계력을 타고나지 못한 사람들에게 바친다.

올해엔 연애를 쉬겠어
우리가 연애에 실패할 수밖에 없는 이유

초판 1쇄 발행일 2023년 9월 22일
초판 2쇄 발행일 2023년 10월 10일

지은이 임윤선

발행인 윤호권
사업총괄 정유한

편집 이양훈
디자인 정연규
발행처 ㈜시공사 **주소** 서울시 성동구 상원1길 22, 6-8층(우편번호 04779)
대표전화 02 - 3486 - 6877 **팩스**(주문) 02 - 585 - 1755
홈페이지 www.sigongsa.com / www.sigongjunior.com

ISBN 979-11-7125-132-2 03810

WEPUB 원스톱 출판 투고 플랫폼 '위펍' __wepub.kr
위펍은 다양한 콘텐츠 발굴과 확장의 기회를 높여주는
시공사의 출판IP 투고·매칭 플랫폼입니다.